KB250044

오만과
편견

MINI BOOK
CLOUD
LIBRARY
07

오만과
편견

Pride
and
Prejudice
3

제인 오스틴 지음
안영준 옮김

생각뿔

차례

1

그들은 마차를 타고 펨벌리로 향했다. 엘리자베스는 다소 착잡한 마음으로 그곳의 숲이 보이기를 기다렸지만, 막상 마차가 숲속으로 접어들자 다시금 가슴이 동요하기 시작했다.

장원은 무척 넓었고 지형도 다양했다. 그 가운데 가장 낮은 지역으로 들어선 마차는 넓게 펼쳐진 아름다운 숲을 한참 동안 달렸다.

엘리자베스는 너무나 마음이 벅차올라 다른 사람들과 이야기를 나눌 생각도 못 하고, 아름다운 전망에 계속 감탄했다. 반 마일 정도를 달려 언덕에 올라간 마차는 상당히 높은 곳에 도착했다. 이내 숲은 자취를 감추고 계곡의 맞은편에 있는 펨벌리 저택이 눈에 들어왔다. 길은 그 계곡 방향으로 다소 굽어 있었다. 웅장한 석조 저택은 오르막으로 향하는 쪽에 보기 좋게 있었고, 건물 뒤편에는 울창한 언덕이 있었다. 또한 저택 앞에는 개조해서 폭을 넓혔음에도 너무나 자연스럽게 개울물이 흐르고 있었다. 개울 양쪽에 있는 둑은 형식적으로 지어지지 않아서 다른 것과 조화를 이루고 있었다. 엘리자베스는 이토록 자연의 아름다움이 살아 있는 곳을 본 적이 없어서 계속 경탄했다. 그동안 서툰 솜씨로 자연을 훼손했던 곳만 여러 번 봐서 더욱 그랬다. 외삼촌 부부 또한 입을 모아 찬사를 보냈다. 바로 그 순간 엘리자베스는 펨벌리의 안주인이 되는 것도 나쁘지 않겠다는 생각이 들었다.

그들이 탄 마차는 언덕을 내려와 다리를 건넌 뒤 문을 향해 달렸다. 엘리자베스는 좀 더 가까운 곳에서 저택을 살펴보며 불현듯 집주인을 다시 만나게 되면 어쩌나 하는 두려움이 되살아났다. 혹여나 그 하인이 잘못된 정보를 알려준 것은 아닌지 불안했던 것이다. 그들은 집 구경을 부탁했고, 바로 현관으로 안내를 받았다. 하인을 기다리는 동안 엘리자베스는 문득 자신이 이곳에 와 있다는 사실이 신기하게 느껴졌다.

머지않아 예상했던 것보다는 덜 세련되었지만, 의젓한 인상을 지닌 중년 여성이 나타났다. 세 사람은 그녀를 따라 식당 겸 거실로 들어섰다. 그곳은 넓었고, 필요한 모든 것이 갖추어져 있었다. 엘리자베스는 그곳을 쭉 둘러보고 난 뒤 경치를 즐기기 위해 창가로 향했다. 그들이 조금 전에 내려온 언덕은 숲으로 둘러싸여 있었는데, 먼 곳에서 바라보니 더욱 가파른 듯했고 마치 하나의 아름다운 작품처럼 보이기도 했다. 그녀는 강과 제방 위에 있는 나무, 구불구불한 계곡 등 눈길이 닿는 모든 광경을 벅차오르는 감정으로 바라보았다. 세 사람이 다른 방에 들어가자 전망은 조금 달라졌지만, 어느 곳에서나 아름다운 경치를 감상할 수 있었다. 각각의 방은 매우 아름다웠다. 가구는 주인의 부유함에 어울리는지는 의문이었지만, 겉치장에 치중하거나 쓸데없이 화려하지 않아서 진정으로 우아해 보였다. 엘리자베스는 그의 미적 안목에 감탄하지 않을 수 없었다.

'내가 이런 집의 안주인이 될 수도 있었다니! 그랬다면 지금쯤은 이런 방에 익숙해졌겠지. 손님의 입장에서 구경하는 것이 아니라, 안주인의 입장에서 외삼촌과 외숙모를 손님으로 접대했을 수도 있었겠네.'

엘리자베스는 생각에 빠졌다가 다시 정신을 차렸다.

'하긴, 그랬다면 나는 외삼촌이나 외숙모를 더는 만날 수 없었겠지. 그들을 초대하도록 허락조차 받지 못했을 거야.'

이런 생각을 떠올린 것은 정말 다행이었다. 자칫 후회의 늪으로 빠질 뻔했으니 말이다.

엘리자베스는 주인이 정말 없는지 재차 하인에게 묻고 싶었지만, 차마 그럴 용기가 나지 않았다. 운이 좋게도 외삼촌이 그 질문을 던졌고, 하인인 레이놀즈 부인은 주인이 부재중이라고 말하면서 이렇게 덧붙였다.

"아마 내일쯤이면 친구분들을 모시고 돌아오실 것입니다."

엘리자베스는 그 말에 흠칫 놀라며 고개를 돌렸다. 그러면서 여러 사정으로 말미암아 여행이 하루 미루어지지 않았다는 사실에 안도했다.

그때 외숙모가 그림을 감상하자고 엘리자베스를 불렀다. 자세히 보니 벽난로 위에 있는 서너 폭의 초상화 사이에 위컴의 초상화가 걸려 있었다. 외숙모는 미소를 지으며 이 그림을 어떻게 생각하는지 물었다. 그러자 레이놀즈 부인은 다음과 같이 말했다.

"이 그림은 돌아가신 선대 주인의 집사 아드님이신데, 주인께서 그를 후원하셨습니다. 지금은 군대에서 복무 중이신데, 아주 방탕하기 그지없는 삶을 산다고 들었습니다."

가디너 부인은 밝은 미소로 조카를 바라보았지만, 그녀는 웃을 여유가 없었다. 레이놀즈 부인은 다른 초상화 하나를 가리키며 말했다.

"저 그림이 저희 주인이세요. 실물과 아주 꼭 닮았지요. 아까 그림과 같은 시기에 그려졌는데, 대략 8년 전쯤의 모습이랍니다."

가디너 부인은 그림을 보면서 말했다.

"주인께서 건장하시다는 말은 익히 들었습니다. 매우 잘생기셨군요. 리지야, 저 그림이 그분을 닮았는지 네가 말해 줄수 있겠구나."

이 말을 듣자 레이놀즈 부인은 관심을 보이며 물었다.

"아가씨는 다아시 주인님을 아시는 건가요?"

"약간은 그렇지요." 하고 엘리자베스는 얼굴이 붉어지며 말했다.

"그렇다면 주인님이 훤칠한 신사라고 생각하시나요?"

"네, 무척 잘생기셨지요."

"저는 저희 주인님보다 잘생긴 분을 본 적이 없어요. 2층 화랑에는 이 그림보다 더 훌륭하고 거대한 그림이 있습니다. 이 방은 돌아가신 선대 주인께서 좋아하셨던 곳이고, 이곳에 있는 초상화들은 예전부터 그대로의 모습을 유지하고 있지요. 그분은 이런 그림들을 더없이 좋아하셨습니다."

엘리자베스는 이제야 위컴의 초상화가 이곳에 걸려 있는 이유를 파악할 수 있었다.

레이놀즈 부인은 다아시 양의 초상화 가운데 하나를 가리켰다. 그것은 그녀가 여덟 살 때의 모습이었다.

"다아시 양도 오빠처럼 인물이 좋은가요?" 하고 가디너 씨가 물었다.

"물론입니다. 세상에서 그렇게 아름다운 분은 찾기 힘들 거예요. 게다가 여러 재능도 뛰어나시지요. 온종일 연주하고 노래를 부르신다니까요. 다음에 안내해 드릴 방에는 아가씨를 위해 방금 들여온 새 악기가 있어요. 주인께서 보내신 선물이지요. 아가씨도 내일 주인님과 함께 이곳에 오실 거예요."

성격이 온화한 가디너 씨는 레이놀즈 부인에게 질문도 하고 덧붙여 말하기도 하면서 그녀가 많은 이야기를 할 수 있도록 거들었다. 그녀는 자부심 때문인지 혹은 애정이 있어서인지는 몰라도 자신의 주인과 그의 여동생에 관해 이야기하는 것을 꽤 좋아하는 듯했다.

"주인께서는 1년 중에 펨벌리에서 머무르시는 날이 많은 편인가요?"

"제가 바라는 만큼은 아니지만, 그래도 대략 반 정도는 이곳에서 지내시지요. 아가씨께서는 매년 여름에 꼭 이곳을 방문하신답니다."

엘리자베스는 램즈게이트에 있을 때를 빼면 그렇겠다고 생각했다.

"만일 주인께서 안주인을 맞으신다면 이곳에 더 자주 계실지도 모르겠네요."

"맞습니다. 하지만 그날이 언제 올지 모르겠네요. 저희 주인님과 비견할 만큼 훌륭한 성품을 지닌 분이 어디에 계셔야지요."

가디너 씨 부부는 빙그레 미소를 지었다. 엘리자베스는 이렇게 말할 수밖에 없었다.

"부인께서 그렇게 여기시는 것을 보니 정말 훌륭한 분이시겠네요."

"저는 사실만을 말씀드릴 뿐이지요. 주인님을 아신다면 누구든 그렇게 말씀하실 겁니다."

엘리자베스는 조금 전에 자신이 말한 칭찬이 조금 과하다고 생각했는데, 레이놀즈 부인이 이렇게 말하자 깜짝 놀랐다.

"저는 지금까지 주인님께 못마땅한 소리를 들어본 적이 없어요. 그분이 네 살 때부터 보필했는데 말입니다."

이런 칭찬은 너무 의외였거니와 엘리자베스의 견해와 대치되는 말이었다. 그녀는 적어도 다아시의 성격만큼은 나쁠 것이라 굳게 믿고 있었기 때문이다. 호기심이 생긴 그녀가 자세한 것을 묻고 싶어진 찰나, 외삼촌이 고맙게도 이렇게 말을 건넸다.

"그 정도로 찬양받는 사람은 무척 드물 것입니다. 그런 주인을 오랫동안 모시고 계시다니 정말 좋으시겠네요."

"그렇습니다. 저 또한 그렇게 생각합니다. 어디를 가더라도 이런 분을 만나기는 힘들 거예요. 저는 어릴 때 마음씨가 좋은 분은 성장해서도 훌륭한 성품을 지닐 것으로 생각해 왔지요. 주인님은 소싯적에도 세상에서 가장 마음이 관대한 분이셨답니다."

엘리자베스는 그 말을 듣자 정신이 아득해졌다. 더불어 지금 들은 이야기가 다아시와 관련한 내용이 맞는지 의문이 들기까지 했다.

"부친께서도 훌륭한 분이셨나 봐요." 하고 가디너 부인이 말을 이었다.

"물론입니다. 아드님 또한 마찬가지셨지요. 특히 어려운 사람들에게 더없이 친절하셨답니다."

엘리자베스는 이런 이야기들을 의심하고 의아하게 여기다가 이제는 더 오래 듣고 싶어졌다. 그래서 그녀는 레이놀즈 부인이 다른 것에 관해 말할 때는 전혀 흥미를 느낄 수가 없었다. 초상화의 주제나 방의 크기, 가구의 가격에 대해서 들을 때도 도통 관심을 기울일 수가 없었다. 가디너 씨는 레이놀즈 부인이 편애로 말미암아 지나치게 주인을 칭송한다고 생각하다가 이내 흥미를 느끼고는 화제를 그쪽으로 몰아갔다. 그러자 레이놀즈 부인은 높은 계단을 올라가면서도 주인을 끊임없이 칭찬했다.

"지주로서도 또한 주인으로서도 그렇게 좋은 분을 찾기 힘들 거예요. 이기적인 요즘 사람들과는 차원이 다른 분이지요. 주인님의 소작인이나 하인 중에서 그분을 좋지 않게 생각하는 사람은 한 명도 없을 것입니다. 간혹 어떤 사람은 주인님을 거만하다고 보기도 하는데, 저는 여러 번 생각해 봐도 그런 모습을 찾을 수 없었어요. 아마 다른 젊은 사람들처럼 말을 많이 하지 않아서 그렇게 생각하나 봅니다."

'부인 말대로라면 너무 좋은 사람이 되고 말잖아!' 하고 엘리자베스는 생각했다.

"그 사람을 이렇게나 칭송하다니. 우리 불쌍한 위컴 씨에게 대한 것과는 전혀 다른 모습인데?"

외숙모는 걸어가면서 엘리자베스에게 속삭였다.

"우리가 속은 게 아닐까요?"

"설마. 우리가 들은 정보도 꽤 믿을 만했잖니."

위층의 넓은 복도에 도착하자, 그들은 매우 훌륭한 거실로 안내되었다. 이곳은 아래층의 방들보다 훨씬 채광이 좋고 아름다웠다. 레이놀즈 부인은 저번에 다아시 양이 펨벌리를 방문했을 때 이 방을 마음에 들어 해서 그녀를 기쁘게 해 주고자 최근에 새롭게 단장했다고 말했다.

"그분은 정말 좋은 오빠이기도 하네요."

창문 쪽으로 걸어가던 엘리자베스가 말했다.

레이놀즈 부인은 다아시 양이 이곳을 다시 방문했을 때 기뻐할 것으로 생각했다. 그녀는 덧붙여 말했다.

"주인님께서는 늘 이러십니다. 동생이 좋아하는 일이라면 무엇이든지 빠르게 실행하시지요. 정말이지 아가씨를 위해서라면 못할 게 없으신 분이에요."

그들이 아직 둘러보지 못한 곳은 화랑과 두세 개의 침실 정도였다. 화랑에는 훌륭한 유화가 많았다. 하지만 엘리자베스는 유화에 문외한이었기 때문에 아래층에서 이미 본 유화보다는 상대적으로 이해하기 쉽고 흥미로운 다아시 양의 크레용 그림들로 시선을 옮겼다.

화랑에는 집안사람들을 그린 여러 초상화가 걸려 있었는데, 가족이 아닌 일반 손님들의 시선까지 사로잡을 만한 정도는 아니었다. 엘리자베스는 자신이 아는 얼굴을 찾다가 다아시를 꼭 닮은 그림에 주목했다. 그림 속의 다아시는 그녀를 바라볼 때 종종 지었던 낯익은 미소를 머금고 있었다. 그 그림을 오랜 시간 동안 찬찬히 살펴보던 그녀는 화랑을 나오기 전에 다시 고개를 돌려 그것을 바라보았다. 레이놀즈 부인은 선친께서 생전에 그린 작품이라고 말해 주었다.

그 순간 엘리자베스는 그림 속 인물과 가깝게 지냈을 때 느낀 마음보다 훨씬 더 호의적인 감정이 생겼다. 레이놀즈 부인의 칭찬은 결코 가벼운 말이 아니었다. 총명하기 그지없는 하인의 칭찬보다 더 소중한 것이 어디 있겠는가? 엘리자베스는 그가 여동생의 오빠로서, 땅의 주인으로서 얼마나 많은 사람을 행복하게 해 주는지 떠올려 보았다. 또한 그가 얼마나 많은 선악을 재량껏 행할 수 있으며, 그것이 다른 사람들에게 얼마나 많은 기쁨이나 고통을 줄 수 있는지에 대해서도 생각했다. 레이놀즈 부인이 들려준 이야기는 하나같이 그를 드높일 뿐이었다. 그녀는 그의 초상화 앞에서 그와 눈을 마주치며 지금껏 느껴 보지 못한 깊은 고마움을 느꼈다. 그녀는 그 감정의 뜨거움을 곰곰이 생각해 보았고, 그가 사려 깊지 않게 표현했던 것마저 부드럽게 이해하기 위해 노력했다.

손님들에게 개방하는 곳을 모두 본 뒤, 그들은 아래층으로 내려와 레이놀즈 부인에게 작별 인사를 건넸다. 그들은 곧 현관에서 기다리던 정원사의 안내를 받았다.

그들은 잔디밭을 가로질러 강 쪽으로 걸어갔다. 엘리자베스는 저택을 다시 보기 위해 시선을 옮겼고, 외삼촌 부부 또한 멈추어 섰다. 엘리자베스가 그 건물이 언제 만들어졌을지 추측하고 있을 때, 갑자기 그 저택의 주인이 마구간 쪽에서 그들을 향해 다가왔다.

그때 두 사람의 거리는 불과 20야드(약 18m)가 채 안 되었다. 너무나 예상치 못한 시점에 그가 나타난 탓인지 엘리자베스는 그의 시선을 피할 수 없었다. 두 사람은 서로를 바라보았고, 그들의 뺨은 발갛게 물들었다. 그 또한 너무 놀란 나머지 잠시 몸이 굳었지만, 그는 곧 정신을 차리고 일행에게 다가왔다. 그는 아주 침착하다고 볼 수는 없지만 정중함을 잃지 않으며 엘리자베스에게 말을 건넸다.

엘리자베스는 순간 본능적으로 그를 외면하려고 했지만, 그가 가까이 다가오자 당황스러움을 감추지 못한 채 멈추어 서서 인사를 받았다. 반면 가디너 씨 부부는 그를 처음 보았기 때문에 지금 눈앞에 있는 사람이 다아시라고 섣불리 생각하지는 못했다. 하지만 그들은 정원사가 놀라는 표정을 보고는 비로소 그 사실을 깨닫게 되었다. 그들은 약간 떨어진 곳에서 다아시가 엘리자베스에게 말을 건네는 것을 지켜보았다. 엘리자베스는 여전히 혼란스러워서 대화를 나누면서도 그와 눈을 마주칠 생각을 하지 못하고 있었다. 더구나 그가 정중하게 자신의 가족들에 대한 안부를 묻자, 어떻게 대답해야 할지도 생각이 나지 않았다. 엘리자베스는 다아시가 자신을 대하는 태도가 저번에 헤어진 이후에 급격하게 변했음을 깨달았다. 그러자 그녀는 어떻게 대화해야 할지 갈피를 잡지 못했다. 더구나 이렇게 그를 만나게 된 것이 너무도 이상하다고 생각했다. 이 때문에 엘리자베스가 다아시를 마주했던 몇 분 남짓 되는 시간은 그녀의 생애에서 가장 불편한 시간이기도 했다. 물론 다아시도 마냥 편해 보이지는 않았고, 여느 때와 같은 안정감을 찾기란 더더욱 어려웠다. 롱본에서 언제 이곳에 왔는지, 또 더비셔에 얼마나 머물 것인지에 대한 질문만 급하게 되풀이하는 것만 보더라도 그가 꽤 당황했다는 것을 알 수 있었다.

이윽고 그는 어떤 말을 꺼내야 할지 몰라서 대화를 잇지 못하다가 느닷없이 정신을 차린 뒤 작별 인사를 건네고는 그곳을 떠나고 말았다.

그러자 외삼촌과 외숙모가 그녀에게 다가와 그의 준수한 외모를 칭찬했지만, 엘리자베스는 어떤 말도 제대로 들을 수 없었다. 그녀는 혼자만의 감정에 잠겨 묵묵히 두 사람의 뒤를 따랐다. 당혹감과 수치심이 그녀를 휩싸고 돌았다. 자신이 이곳을 방문한 일은 정말 재수 없고 경솔한 행동이었다. 이것은 그토록 자존심이 강한 사람에게 얼마나 꼴사납게 느껴졌을까? 심지어 그녀가 고의로 자신 앞에 나타났다고 여길지도 모를 일이었다. 그녀는 왜 이곳을 제 발로 찾아왔는지, 다아시는 무슨 일 때문에 예정보다 하루 먼저 오게 되었는지, 일행이 10분만 일찍 떠났다면 그의 시선을 받지 않을 수 있었을 텐데 왜 이렇게 되었는지 계속 생각했다. 다아시는 마침 그때 도착해서 마차에서 내린 것이 분명했기 때문이다. 그녀는 이렇게 꼬이고 꼬인 재회를 생각하며 수차례 얼굴을 붉힐 수밖에 없었다. 그런데 그가 자신을 대하는 태도가 급격하게 바뀐 것은 대체 무엇을 뜻하는 것일까? 그가 그녀에게 대화를 건넨 것부터 하나하나가 모두 놀랄 만한 일이었다. 게다가 그는 무척 정중한 말투로 가족들의 안부를 물었다. 그녀는 그가 위엄을 부리지 않고 부드럽게 이야기하는 것을 본 적이 없었다. 불과 얼마 전 로징스 저택에서 편지를 주던 때의 대화와 너무나 대조적이었다. 그녀는 이 사태를 어떻게 이해하고 받아들여야 하는지 판단할 수 없었다.

그들은 아름다운 강가를 마주하는 산책로에 들어섰다. 걸음을 옮길 때마다 아름다움을 더하는 자연의 굴곡을 볼 수 있었고, 나아가 울창하고 더 멋진 숲을 볼 수 있었다. 하지만 엘리자베스는 시간이 한참 흐른 후에도 이를 알아차리지 못했다. 그녀는 외삼촌이나 외숙모가 건네는 말에는 그저 형식적으로 대답했다. 두 사람이 가리키는 풍경으로 시선을 돌리기는 했지만 그 어떤 것도 제대로 감상할 수 없었다. 그녀는 오로지 다아시가 서 있을 펨벌리 저택의 그곳만을 생각하고 있었다. 또한 그녀는 다아시가 속으로 어떤 생각을 하고 있을지 떠올렸다. 그러자 그녀는 그가 자신을 어떻게 생각하고 있으며, 많은 일이 생겨도 여전히 자신이 그에게 소중한 존재일지 매우 궁금해졌다. 그가 자신을 정중히 대한 것은 마음의 평안을 되찾았기 때문은 아닐까. 하지만 그의 목소리는 편하다고 단정 지을 수 없는 여러 마음이 뒤섞여 있는 듯했다. 그가 그녀를 보고 어떤 생각이 들었는지, 혹은 고통이나 기쁨을 느꼈는지는 전혀 알 수가 없었다. 하지만 그의 마음이 무척 일렁이고 있었다는 것은 확신할 수 있었다.

외삼촌과 외숙모가 왜 그리 정신을 차리지 못하고 있냐고 묻자, 그녀는 그때야 정신을 가다듬었다.

일행은 숲속으로 들어가 강과 떨어진 보다 높은 지대로 올라갔다. 그곳에서는 나무와 나무 사이로 보이는 계곡의 시원한 풍경과 숲이 드리워진 건너편의 언덕, 그리고 아름다운 골짜기를 마음껏 감상할 수 있었다. 가디너 씨는 장원 전체를

둘러보고 싶어 했지만, 그러기에는 무리일 거라고 여겼다. 안내인은 이내 호기로운 웃음을 보이며 이곳의 둘레가 적어도 10마일 정도는 될 것이라고 말했다. 결국 그들은 돌아가는 길을 택했다. 우거진 숲 사이로 머지않아 내리막길이 보였고, 그들은 강의 폭이 가장 좁은 곳까지 걸어갔다. 그들은 주위의 아름다운 경치와 어울리는 작은 다리를 건넜는데, 이곳은 수수한 멋이 돋보였다. 또한 이곳에서는 계곡도 무척 폭이 좁아져서 작은 산책길 하나만 덤불 사이에 나 있을 뿐이었다. 엘리자베스는 그 길을 모두 구경하고 싶었지만, 이내 다리를 건너는 바람에 저택에서 멀리 떨어진 곳까지 와 있다는 것을 알게 되었다. 더구나 가디너 부인은 걷는 것을 힘들어하며, 가능한 한 빨리 마차로 돌아가기만을 바라고 있었다. 결국 그들은 부인의 뜻에 따라 지름길을 통해 강의 건너편에 있는 저택으로 발길을 옮겼다. 그들은 매우 느리게 걸어갈 수밖에 없었다. 낚시를 즐기지는 않지만 관심이 많은 가디너 씨가 수면으로 올라온 송어를 볼 때마다 안내인과 수다를 떠느라 앞으로 나아가지 못했기 때문이다. 그때 그들은 자신들과 멀지 않은 곳에서 다아시가 걷고 있는 것을 보고는 깜짝 놀랐다. 엘리자베스 또한 조금 전에 그를 마주쳤을 때와 마찬가지로 놀란 마음을 감출 수 없었다. 하지만 그들이 걷는 산책로는 맞은편

길보다 숲이 덜 우거져 있어서 그들이 다아시를 먼저 볼 수 있었다. 그녀는 놀라기는 했지만, 적어도 조금 전보다는 그를 마주할 각오가 되어 있었다. 그래서 그녀는 그가 만약 자신을 만나러 오는 것이라면 보다 침착하게 이야기해야겠다고 마음을 먹었다. 엘리자베스는 그가 일행을 보지 못했을 것으로 생각하기도 했다. 그들의 시선에서는 더는 다아시의 모습이 보이지 않았기 때문이다. 하지만 그들은 굽은 모퉁이를 지나자마자 그들 앞에 당도한 다아시를 볼 수 있었다. 엘리자베스는 다아시를 마주하자마자 그가 정중한 태도를 여전히 유지하고 있다는 것을 깨달았다. 그와 눈을 마주친 엘리자베스는 예의를 갖추어서 그곳의 경치를 칭찬했다. 하지만 경치가 멋있다거나 아름답다는 말을 하자마자, 그녀는 불현듯 안 좋은 생각이 떠올랐다. 그가 자신의 칭찬을 악의적으로 받아들일 수도 있다고 생각한 것이다. 이내 낯빛이 변한 그녀는 더는 아무 말도 하지 않았다. 엘리자베스가 대화를 잇지 않자, 다아시는 일행을 소개해 주지 않겠느냐고 물었다. 이것은 그녀가 전혀 예상할 수 없었던 친절이었다. 그녀에게 구애할 때만 해도 그가 혐오해 마지않던 사람들과 이야기를 나누기를 바란다는 것이었다. 그녀는 이렇게 생각했다.

'이분들이 누구인지 안다면 얼마나 놀랄까? 상류 사회의

사람들로 여기는 건 아닐까?'

하지만 엘리자베스는 곧장 일행을 소개했다. 그녀는 자신과의 사이를 짚어 주며 이것을 그가 어떻게 받아들일지 궁금해서 슬쩍 그의 의중을 살폈다. 신분이 낮은 상대를 만났다는 것 때문에 빨리 자리를 뜰 수도 있겠다는 생각마저 들었다. 그는 깜짝 놀라는 듯했다. 하지만 그는 그곳을 떠나기는커녕 오히려 가디너 씨와 이야기를 나누려고 했다. 엘리자베스는 무척 기쁘고 득의양양했다. 자신이 얼굴을 붉힐 필요가 없는 사람을 그가 알게 된 것에 그녀는 큰 위안을 얻었다. 그녀는 다아시와 외삼촌이 나누는 모든 대화를 유심히 들었다. 더불어 외삼촌의 박식함과 상대방을 배려하는 표현 하나하나를 자랑스럽게 느꼈다.

그들은 낚시 이야기를 하기 시작했다. 다아시는 외삼촌에게 정중히 낚시 도구를 빌려주겠다고 제의하기도 했다. 더불어 이 지역의 낚시 명당을 알려 주기도 하고, 이곳에 머무는 동안 얼마든지 이곳에서 낚시해도 좋다고 말했다. 엘리자베스와 팔짱을 끼고 걷던 가디너 부인은 의외라는 시선을 그녀에게 보냈다. 엘리자베스는 아무 말도 하지 않았지만, 실은 누구보다 기뻤다. 자신을 위해 이런 호의를 베푸는 것이 분명했기 때문이다. 하지만 그녀는 속으로 놀라며 이렇게 생각하기도 했다.

'저 사람의 태도가 순식간에 바뀐 이유가 뭘까? 대체 그동안 무슨 일이 있었던 것일까? 저 사람이 이렇게 유해진 것은 분명 나 때문은 아닐 거야. 헌스퍼드에서 말한 나의 책망이 그를 변하게 했다고 볼 수는 없지. 더군다나 그가 아직 나를 연모한다는 것은 말도 안 돼.'

이렇게 그들은 여자들이 앞장서고 남자들이 뒤따르며 한동안 걸어갔다. 물속에서 자라는 식물을 보기 위해 강가로 내려갔다가 온 이후에는 대형에 작은 변화가 있었다. 산책을 오래 한 탓에 녹초가 된 가디너 부인이 조카의 팔에 의존하고 싶지 않아서 남편의 팔짱을 낀 것이다. 그러자 다아시는 엘리자베스의 옆에 자리 잡았고, 그들은 함께 걷게 되었다. 잠시 침묵이 흐른 뒤, 엘리자베스가 먼저 말을 건넸다. 그녀는 자신이 이곳에 올 때 그가 부재중이라는 사실을 재차 확인했다는 것을 알리고 싶었다. 그래서 그의 등장에 놀랐다고 말하며 이렇게 덧붙였다.

"레이놀즈 부인은 당신이 내일쯤에 돌아올 거라고 얘기해 줬어요. 그래서 우리는 당신이 이곳에 나타나지 않을 거라고 굳게 믿고 있었지요."

다아시는 그럴 예정이었지만 집사와 논의할 일이 생겨서

다른 여행 동반자들보다 몇 시간 먼저 이곳에 오게 되었다고
설명했다. 그는 이어서 말했다.

"다른 사람들은 내일 아침 일찍 이곳으로 올 예정입니다.
그들 가운데 당신이 알고 있는 분들도 있어요. 바로 빙리와
그의 누이들이지요."

엘리자베스는 대답하지 않고 살짝 고개를 숙이기만 했다.
그녀의 생각은 이내 빙리의 이름이 둘 사이에서 마지막으로
언급되던 그때로 돌아갔다. 그의 안색으로 미루어 짐작해 보
면 그 또한 그녀의 생각과 크게 다르지 않은 듯했다.

다아시는 뜸을 들이다가 말을 이어 나갔다.

"일행 중에는 또 다른 사람도 있는데⋯⋯. 당신과 친해지
기를 꽤 바라는 사람이지요. 당신이 램튼에 머무는 동안 제
동생을 소개해 드려도 괜찮을까요? 혹시 제 바람이 너무 지
나친 것은 아닐는지요."

그녀는 너무나 놀라운 부탁을 받게 되자, 이를 어떻게 받
아들여야 할지 당황스러웠다. 그녀는 다아시 양이 무슨 생각
으로 자신과 친해지고 싶어 하는지 알 수는 없었지만, 적어도
오빠가 부추겼다는 것만큼은 짐작할 수 있었다. 이것은 분명
히 흡족한 일이었다. 더불어 그녀는 그의 원망으로 말미암아
자신을 나쁘게 여기지 않는다는 것을 알게 되어서 기뻤다.

두 사람은 이제 각자 깊은 생각에 잠겨 묵묵히 걷고만 있었다. 하지만 엘리자베스의 마음은 도무지 안정될 기색을 보이지 않았다. 그녀는 우쭐함과 동시에 흡족한 마음을 숨길 수 없었던 것이다. 동생을 소개하고자 하는 생각은 분명 최고의 찬사로 볼 수 있었다. 그들은 가디너 씨 부부와 점점 멀어졌다. 그들이 마차에 도착했을 때 가디너 씨 부부는 8분의 1마일이나 뒤처져 있었다.

그들을 본 다아시는 엘리자베스에게 집 안으로 들어가자고 청했다. 하지만 그녀는 피곤하지 않다고 말했고, 둘은 잔디밭에 서 있게 되었다. 모름지기 이런 상황에서는 어떤 이야기라도 일단 많이 하는 편이 나은 법이다. 침묵은 그들을 매우 어색하게 할 테니 말이다. 그녀는 되도록 무슨 이야기라도 하고 싶었지만, 어떤 화제도 말하지 못하도록 암묵적인 분위기가 형성된 것만 같았다. 결국 그녀는 자신이 여행 중이라는 사실을 떠올려 매틀록과 도브데일에 관해 간신히 이야기할 수 있었다. 외숙모의 걸음걸이는 더디기만 했고, 시간 또한 느리게 흘러갔다. 그녀의 인내심과 여러 생각은 둘의 대화가 끝나기 직전에 모두 바닥나고 말았다. 마침내 가디너 씨 부부가 도착하자 다아시는 다과라도 대접하고 싶다며 간곡히 청했지만, 일행은 이를 거절하고 정중하게 작별 인사를 나누었다. 다아시는 여성들이 마차에 오르는 것을 도와주었다. 마차가 떠나자 엘리자베스는 그가 집을 향해 천천히 걸어가는 모습을 보았다.

외삼촌은 그가 생각과는 달리 품행이 훌륭하다고 말했다.

"그 사람은 흠을 잡기 힘들 정도로 예의가 바르고 공손하더구나."

외숙모도 말을 이어받았다.

"약간 위엄 있어 보이려는 게 눈에 보이긴 하지. 어디까지나 인상이 그렇다는 이야기야. 오히려 그 모습이 그의 성격과 어울리는 것 같기도 해. 이제 나도 레이놀즈 부인이 한 말을 이해할 수 있겠어. 어떤 사람은 그를 거만하다고 여길지 몰라도 나는 그렇게 생각하지 않는다고 말이야."

"그 사람이 우리를 대하는 태도만 봐도 놀라지 않을 수 없더구나. 그저 의례적으로 정중한 것이 아니라 진심으로 마음을 쓰는 게 보였어. 그렇게까지 사려 깊게 행동하지 않아도 되었을 텐데 말이야. 엘리자베스와 아는 사이긴 하지만, 그것이 그리 대단한 일도 아니고."

"리지야, 그 사람이 위컴 씨만큼 잘생기지는 않았지만, 아무리 그래도 어떻게 그 사람이 불편하다고 여긴 거니?" 하고 외숙모가 말했다.

엘리자베스는 변명하기 위해 애썼다. 켄트에서 그를 만났을 때보다는 조금 나아진 듯했지만, 오늘처럼 정성껏 사람을 대한 적은 없었다고 말했다.

"그렇다면 그 사람의 언행이 조금 변덕스러운 것일 수도 있지." 하고 외삼촌이 말했다. "잘났다고 생각하는 사람들은 으레 그렇게 사람을 대하지. 그래서 나는 그가 낚시에 관해 이야기한 것을 곧이곧대로 듣지 않기로 했어. 다음번에 마음이 변하면 내쫓을 수도 있을 테니 말이야."

엘리자베스는 두 사람이 다아시의 성격을 잘못 이해하고 있다고 생각했지만, 다른 말을 덧붙이지는 않았다.

가디너 부인이 말을 이었다.

"다아시 씨는 위컴 씨에게 악독한 일을 저지르지는 않았을 것 같아. 그는 악한 인상이 아니었거든. 오히려 말할 때 상냥한 미소를 잃지 않았지. 또한 얼굴에는 품위가 깃들어 있는 것 같기도 해. 그러한 얼굴은 마음씨가 곱지 않다고 전혀 느끼지 못하게 만들지. 하지만 우리에게 집을 구경시켜 준 부인은 조금 과장해서 말한 측면이 있어. 어떤 말을 듣고는 웃음이 터져 나오려는 걸 겨우 참았다니까. 하여튼 다아시 씨가 너그러운 주인인 것은 변함이 없고, 하인은 그러한 주인이 모든 미덕을 가지고 있는 것처럼 보는 거겠지."

그 말을 듣자 엘리자베스는 불현듯 자신이 위컴에 대한 그의 행동을 변호해야겠다는 생각이 들었다. 그래서 그녀는 조심스럽게 이야기를 시작했다. 자신이 켄트에서 그의 친척에게 들은 바로는 그의 행동이 전혀 다르게 해석될 수 있고, 하트퍼드셔에서 그들이 느꼈던 만큼 그의 성격이 악랄하지도 않고 위컴의 성격이 좋지도 않다는 점을 이해시키기 위해 노력했다. 그리고 이를 뒷받침하기 위해 두 사람 사이에 있었던 금전 거래들을 상세히 설명해 주었다. 물론 그 소식을 누구에게 들었는지는 명확히 말하지 않았으며, 그저 신뢰할 수 있는 사람이라고만 해 두었다.

가디너 부인은 이야기를 들으며 놀라기도 하고 염려하는 듯했지만 그녀가 예전에 즐겁게 지내던 곳에 도착하자 온갖 생각을 멈춘 뒤 회상에 빠지고 말았다. 그녀는 남편에게 자신이 흥미로워하는 곳을 일일이 설명하느라 정신이 없었는지 다른 일은 생각할 겨를도 없었다. 부인은 오랜 시간 산책해서 지쳐 있었지만, 저녁 식사를 마치자마자 옛 친구들을 만났고 그들과 오랫동안 나누지 못했던 여러 이야기를 하며 흡족해했다.

엘리자베스는 그날 벌어진 일들을 생각하느라 새롭게 만난 그 누구에게도 관심을 기울이지 못했다. 그녀는 다아시의 상냥함을 떠올렸고, 특히 자신의 여동생과 친해지기를 바란다는 그의 말에 대해 곱씹어 생각해 보는 것 이외에는 아무것도 할 수 없었다.

2

엘리자베스는 다아시의 여동생이 펨벌리에 도착한다면 적어도 그 이튿날은 되어야 자신을 찾아올 것으로 생각했다. 그래서 그날 아침에는 여관에서만 머물러야겠다고 생각하기도 했다. 하지만 그녀의 예측은 어긋나 버렸다. 그들이 램튼에 돌아온 바로 다음 날 낮에 그들이 찾아왔기 때문이다. 엘리자베스가 새로 사귄 몇몇 친구와 주변을 산책한 뒤, 여관으로 돌아와 식사하기 위해 옷을 갈아입으려 할 때였다. 갑자기 말발굽 소리가 들려서 밖을 내다보니 신사와 숙녀를 한 명씩 태운 마차가 길을 올라오는 모습이 보였다. 엘리자베스는 하인의 옷차림을 알아보고는 다아시 일행임을 직감했다. 그녀는 곧장 이 사실을 외삼촌 부부에게 알렸다. 소식을 들은 그들은 놀라지 않을 수 없었다. 엘리자베스가 평소와 다르게 당황스러운 태도를 보인 것과 어제 겪은 여러 상황으로 미루어 볼 때 뭔가 새로운 일이 일어나고 있음을 느낀 것이다. 그녀가 다시 일가에게 호감을 품고 있다는 것도 어렴풋이 알 수 있었다. 외삼촌 부부가 이런 생각을 하고 있을 때 엘리자베스의 감정은 점점 더 요동치고 있었다. 그녀는 자신이 불안에 떨고 있다는 것에 놀랐다. 그 이유 중에는 다아시가 동생에게 자신을 너무 좋게만 말한 것은 아닐까 하는 두려움이 포함되어 있었다. 그리고 자신이 다아시 양의 호감을 사기 위해 애쓰는 것이 도리어 악영향을 불러일으키지는 않을까 하는 걱정도 생겼다.

엘리자베스는 창문에 자기가 비칠 수도 있을 것 같다는 두려움에 창가에서 물러섰다. 그러고는 방 안을 이리저리 배회하며 마음을 진정시키기 위해 노력했다. 그녀는 외삼촌 부부의 놀라움과 호기심으로 가득 찬 시선을 느끼자, 자칫하면 일이 꼬여 버릴 것만 같아 걱정스러운 마음도 들었다.

마침내 다아시 양과 그녀의 오빠가 집으로 들어섰고, 그들은 서로를 소개했다. 엘리자베스는 의외로 그들 역시 자신과 마찬가지로 어쩔 줄을 몰라 한다는 것을 느꼈다. 램튼에서는 다아시 양이 몹시 거만한 성품을 지녔다는 소문이 나 있었지만, 몇 분 정도 그녀를 유심히 지켜본 바로는 그저 수줍음을 많이 타는 소녀였다. 그녀는 상대가 묻는 말에 두 음절 이상 대답하지 못했다.

다아시 양은 엘리자베스보다 키가 컸고 체격도 좋았다. 비록 열여섯 살밖에 안 되었지만 이미 성숙한 모습을 띠고 있었다. 외모는 오빠만큼 잘생기지는 않았지만 총명하고 호의적인 모습을 보였고, 태도 또한 너무나 겸손하고 순했다. 지금까지 엘리자베스는 다아시 양도 오빠와 비슷하게 예리하고 냉정한 관찰력을 가졌으리라 미루어 짐작했다. 하지만 자기 생각과 다르다는 것을 깨닫자 안심이 되었다.

그들이 함께한 지 얼마 되지 않아 다아시는 엘리자베스에게 빙리도 이곳에 올 거라고 말해 주었다. 그녀가 그를 맞을 채비도 하기 전에 빙리는 날쌘 걸음으로 계단을 올라 방으로 들어섰다. 엘리자베스는 그에 대한 분노를 이미 예전에 모두 해소했다. 하지만 설령 그런 기분이 어느 정도 남아 있다고 하더라도 그가 솔직하고 진실하게 마음을 전하는 것을 보고서는 그 감정을 유지하기도 어려웠을 것이라는 생각이 들었다. 빙리는 시종일관 다정한 태도로 가족의 안부를 일일이 물었고, 다른 사람들을 대할 때도 특유의 예의와 싹싹함을 잊지 않았다.

가디너 씨 부부도 조카 못지않게 빙리에게 흥미를 느꼈다.

그들은 오래전부터 그를 만나고 싶어 했다. 하지만 오히려 다아시 남매와 빙리가 그들에게 더 큰 관심을 보였다. 더불어 외삼촌 부부는 다아시와 엘리자베스 사이를 두고 여러 의심을 하며 시종일관 유심히 그들을 관찰했다. 그 결과 그들은 적어도 둘 중 한 사람은 상대방을 사랑하고 있다는 것을 확신하게 되었다. 엘리자베스의 감정은 아직 의심스러운 면이 많았지만, 다아시가 그녀를 연모하는 것만큼은 너무나 분명했다.

엘리자베스는 그들에게 많은 것을 해 주고 싶었기 때문에 손님들 각자의 기분을 헤아리기 위해 애썼다. 더불어 자신의 울렁이는 기분을 가라앉히며 모두를 상냥히 대하고 싶어 했다. 하지만 그것은 사실 그녀가 크게 걱정할 것은 아니었다. 그들은 애초부터 엘리자베스에게 호감을 느낀 사람들이었기 때문이다. 빙리는 언제라도 그녀의 말에 즐거워할 준비를 하고 있었고, 조지아나는 그녀가 즐겁기를 간절히 바라고 있으며, 다아시는 모든 말에 즐거워하기로 작정한 듯 보였다.

엘리자베스는 빙리와 이야기를 나누며 자연스레 언니를 떠올렸다. 빙리가 언니를 어느 정도 생각하고 있는지는 알 수 없었지만, 그를 지켜본 바로는 예전보다 말수가 줄어든 것 같기도 했다. 또한 그가 자신을 쳐다볼 때 언니와 닮은 곳을 찾으려 애쓰는 것이 보여 기쁘기도 했다. 설령 이것이 상상에 그칠지 몰라도, 제인의 경쟁 상대인 다아시 양을 대하는 빙리의 태도는 더욱 분명해 보였다. 각별한 감정이 느껴지지 않았기 때문이다. 빙리의 여동생이 바라는 일은 일어나지 않을 듯했다. 이제야 엘리자베스는 조금 안심할 수 있었다. 그녀는 빙리가 헤어지기 전에 얼핏 제인에 대한 애정이 깃든 추억을 말하는 것 같다고 생각했다. 그는 그런 대화를 계속했으면 좋겠다는 마음을 내비치기도 했다. 빙리가 다른 사람들이 이야기하는 틈을 타서 엘리자베스에게 한탄하는 어조로 이런 말을 한 것이다.

"제인 양을 못 만난 지 8개월 정도 된 것 같네요. 지난 11월 26일에 네더필드에서 춤추었던 것이 마지막이었으니까요."

그의 기억은 너무나 정확해서 엘리자베스는 기뻤다. 그는 이후에도 다른 사람들이 관심을 기울이지 않는 틈을 타서 그녀에게 자매가 모두 롱본에 머무는지를 물었다. 이 질문과 앞서 나누었던 이야기 자체에서 별다른 함의를 찾을 수는 없지만, 이를 말하는 그의 표정과 태도에는 뭔가 다른 의미가 담겨 있는 듯했다.

엘리자베스는 다아시와 자주 대화를 나누지는 못했지만, 가끔 시선이 머물 때 그는 더없이 온화한 표정으로 다른 사람들을 공손히 대하고 있었다. 거만하거나 사람들을 경멸하는 어투는 전혀 볼 수 없었다. 그래서 그녀는 어제 자신이 본 그의 변화가 비록 일시적이라 하더라도 최소 하루 이상은 지속한다는 것을 알게 되었다. 그는 몇 달 전까지만 해도 신분이 낮은 사람들을 만나는 것조차 수치스럽게 생각했던 사람이었다. 그랬던 그가 이제는 그들과 교제하려 하고 환심을 사려 노력하고 있었다. 또한 지난번 헌스퍼드 목사관에서 겪었던 다아시의 태도와 비교해 봐도 그 변화는 너무 컸다. 따라서 그녀는 당황스럽기까지 했다. 다아시는 네더필드에서 자신의 친구들과 어울릴 때나 로징스에서 신분이 높은 친척들과 어울릴 때도 이처럼 기꺼이 교제하고자 하고, 특유의 자만심이나 과묵함에서 벗어나려고 하지 않았다. 게다가 지금 이 상황을 네더필드와 로징스의 여성들이 안다면 조롱할지도 모를 일이었다. 따라서 그의 노력이 성공한다고 해도 실상 그에게는 별로 이득이 될 것이 없었다.

손님들은 30분 정도 그들과 이야기를 나누다가 떠나기 위해 일어섰다. 다아시는 여동생을 통해 가디너 씨 부부와 베넷 양이 이 마을을 떠나기 전에 펨벌리에서 제대로 식사하자는 제안을 보냈다. 누군가를 초대하는 것에 익숙하지 않은 다아시 양은 쑥스러워서 머뭇거리기도 했지만, 곧 오빠의 말을 따랐다. 가디너 부인은 이 초대와 가장 밀접한 관련이 있는 엘리자베스의 기분을 파악하기 위해 그녀를 바라보았지만, 엘리자베스는 이내 고개를 돌렸다. 부인은 조카가 순간적으로 당황해서 그런 것으로 여겼고, 남편은 사교를 좋아해서 이 제안에 선뜻 응하리라고 판단했다. 따라서 가디너 부인은 주저 없이 이틀 후에 식사하기로 약속을 잡았다.

빙리는 아직 엘리자베스에게 할 말이 남았고, 하트퍼드셔에서 지내던 사람들에 관해 물어보고 싶은 것도 많았다. 그래서 그는 그녀를 다시 만날 수 있다는 것이 매우 기쁘다고 말했다. 하지만 엘리자베스는 속으로 그가 사실은 언니에 관한 것을 더 알고 싶다는 뜻으로 받아들였다. 바로 이 언급 때문에 엘리자베스는 손님들이 모두 떠나고 난 뒤 그들이 나누었던 이야기들을 흡족하게 여길 수 있었다. 30분 남짓 되는 시간 동안 그녀는 이 만남을 제대로 즐겼다고 할 수는 없었지만 말이다. 이내 엘리자베스는 외삼촌 부부가 여러 질문으로 자신의 속마음을 떠볼 것이라는 생각이 들자 두려운 마음이 들었다. 그래서 그녀는 외삼촌 부부가 빙리의 좋은 점을 말하는 것까지만 듣고, 그들이 다른 질문을 이어 가려 하자 옷을 갈아입어야 한다고 말하며 급히 자리를 떴다.

하지만 가디너 씨 부부는 그녀에게 억지로 말하라고 할 생각은 없었다. 그들은 자신들이 알고 있던 것보다 엘리자베스와 다아시가 서로를 잘 파악하고 있다고 여겼다. 또한 다아시가 엘리자베스를 무척 사모하고 있다는 사실도 분명히 느낄 수 있었다. 하지만 자신들의 생각을 함부로 조카에게 물어볼 수는 없었다.

이제 그들은 다아시를 긍정적으로 바라보았다. 지금까지는 그의 특별한 단점을 찾을 수 없었다. 오히려 그의 상냥한 태도에 감명받았을 뿐이었다. 만약 그들이 느낀 다아시의 성격을 오로지 자신들과 레이놀즈 부인의 생각만으로 하트퍼드셔 사람들에게 전했다면, 그들은 누구도 그 사람이 다아시라고 받아들이지 않을 것이다. 여하튼 이제 그들은 레이놀즈 부인의 말을 신뢰할 수밖에 없었다. 그녀는 네 살 때부터 알았던 다아시에 대한 훌륭한 평가를 섣불리 부정할 수는 없다고 생각했다. 나아가 램튼의 친구들에게 그에 대한 정보를 물어보아도 그의 평판을 깎을 만한 어떤 내용도 들을 수 없었다. 가끔 그의 자부심이 유별나다는 이야기를 듣긴 했지만, 설령 자부심이 없었더라도 그가 가족과 교류할 일이 없는 작은 마을에서는 그런 평을 듣는 것이 어쩌면 당연할 수도 있었다. 하지만 다아시가 어려움에 부닥친 주민들에게 여러 선행을 베풀었다는 사실은 마을 주민 누구나 인정했다.

반면 그들은 이곳에서 위컴에 대한 평가가 별로 좋지 않다는 것도 알게 되었다. 후원자의 아들과 위컴이 무슨 문제가 있었는지 그들은 제대로 알지 못했지만, 위컴이 더비셔를 떠나면서 큰 빚을 남긴 것을 다아시가 갚아 주었다는 사실이 마을 사람들에게 퍼졌기 때문이다.

　　그날 밤, 엘리자베스는 지난밤보다 펨벌리에 대한 생각이 자주 떠올랐다. 그녀에게 밤은 긴 시간이었지만, 그 저택에 있는 누군가를 위한 감정을 결정한 만큼 길지는 않았다. 그녀는 두 시간에 걸쳐 자신의 감정을 분명히 하기 위해 노력했다. 그를 이제 미워하지 않는다는 것은 분명했다. 나아가 그녀는 혐오감이라고 부를 수 있는 감정을 느꼈던 것 자체를 부끄러워하게 되었다. 엘리자베스는 다아시의 여러 장점을 확인하면서 생길 수밖에 없었던 존경심을 처음에는 어쩔 수 없이 인정했다. 하지만 시간이 흐른 뒤에는 그것에 대한 거부감마저 느껴지지 않았다. 더불어 사람들이 그를 좋게 평가한다는 것을 깨달으면서 더욱 그 감정을 기꺼이 받아들이게 되었다. 하지만 엘리자베스는 그러한 감정의 변화보다 절대적으로 자신의 마음을 긍정적으로 향하게 할 한 가지 동기를 가지고 있었다. 그것은 다름 아닌 감사하는 마음이었다. 한때 자신을 사랑했었다는 것 외에도 그녀가 그의 구애를 거절하면서 모질게 내뱉었던 비난을 모두 용서해 줄 정도로 자신을 지금까지도 사랑하고 있다는 것에 대한 감사였다. 엘리자베스는 그가 자신을 크나큰 적으로 단정 짓고 피할 것으로 예상했지만, 우연한 만남을 통해 그가 감정을 지속시키고 싶어 한다는 것을 알게 되었다. 더구나 그 과정에서 함부로 호감을 드러내려고 하지도 않았다. 그는 그녀의 친척들에게 환심을 사려 하거나 그의 여동생을 소개하는 식으로 마음을 에둘러 표현한 것이다. 그녀는 이토록 거만하기만 했던 사람이 순식간에 바뀌었다는 사실이 그저 놀랍고 감사할 뿐이었다. 그것은 사랑, 그것도 크나큰 사랑 때문이었을 것이다. 그녀는 이러한 변화를 무엇이라 단정할 수는 없었지만, 들뜬 마음을 감출 수는 없었다. 엘리자베스는 이제 그를 존경했고, 높게 평가했으며, 그에게 감사한 마음을 가지고 그가 진정으로 행복하기를 바랐다. 다만 그녀는 이런 행복에서 자신이 어느 정도의 비중을 차지하는지, 그리고 자신에게 그가 다시 청혼하게 만들 힘이 얼마나 있는지 판단해 보려고 했다. 만약 그 힘이 자신에게 조금 더 있고 그 힘을 행사한다면 두 사람이 얼마나 행복할 수 있을지에 대해서도 곰곰이 생각해 보았다.

그날 밤, 외숙모와 엘리자베스는 이렇게 결론을 지었다. 펨벌리에 도착한 바로 그 날에 자신들을 찾아 준 다아시 양의 친절을 적어도 흉내는 내야 하지 않겠느냐는 것이었다. 결국 다음 날 아침에 곧바로 그녀의 집을 방문하는 것이 가장 바람직한 행동이라고 판단했다. 엘리자베스는 스스로 그렇게 판단한 이유를 생각했을 때 마땅한 답을 내릴 수는 없었지만, 일단 기쁜 마음이 들었다.

가디너 씨는 아침 식사를 마친 뒤 곧장 밖으로 나갔다. 그 전날에 낚시 계획을 다시 짜서 정오 무렵 펨벌리의 신사 몇 명과 만나기로 약속했기 때문이다.

3

엘리자베스는 분명 질투 때문에 빙리 양이 자신을 싫어한
것이라고 여겼다. 따라서 자신이 펨벌리에 나타나면 그녀가
탐탁지 않게 여길 것으로 생각할 수밖에 없었다. 더불어 그녀
를 다시 만나게 된다면 자신을 어떻게 대할지도 궁금해졌다.

그들은 저택에 도착하자마자 응접실로 안내를 받았다. 그
곳은 북향이어서 그런지 여름에는 맑고 쾌적하기까지 했다.
마당 방향으로 난 창문을 바라보니 저택 뒤편의 나무가 무성
히 우거진 높은 산이 보였고, 중간 지대에 있는 잔디밭에는
참나무와 스페인 밤나무가 한데 어울려 아름다운 경치를 선
사하고 있었다.

그들은 다아시 양의 환대를 받았다. 그곳에는 허스트 부인

과 빙리 양, 그리고 런던에서 다아시 양과 함께 사는 부인이 자리하고 있었다. 조지아나가 그들을 대하는 태도는 정중했지만, 당황하는 모습까지 감출 수는 없었다. 물론 이는 본인이 그들을 대하며 실수를 저지를까 봐 걱정한 데서 비롯된 불안감과 수줍음 때문이었다. 하지만 자신의 신분이 낮다고 생각하는 사람들이 보기에는 자칫 거만하거나 상대하기 힘든 사람으로 여길 수밖에 없는 태도를 보였다. 하지만 가디너 부인과 엘리자베스는 그녀의 입장을 이해했기 때문에 동정심마저 들었다.

허스트 부인과 빙리 양은 최소한의 예의를 차리는 정도만 인사했다. 그들이 자리에 앉자, 얼마간 어색한 침묵이 감돌았다. 먼저 이 침묵을 깬 사람은 품위가 있으면서도 인상이 좋은 앤슬리 부인이었다. 그녀는 이야기를 나누기에 적당한 화제로 이끌려 했고, 그러한 모습은 그녀가 두 사람과 달리 상당한 교양을 갖추었음을 보여 주었다. 그래서 앤슬리 부인과 가디너 부인은 대화를 시작했고, 가끔 엘리자베스가 끼어들었다. 다아시 양은 이 대화에 참여하고 싶어 했지만, 정작 말을 제대로 꺼내지는 못하고 다른 사람들이 자신의 이야기를 듣지 않겠다는 틈이 생길 때마다 짧은 말을 내뱉을 뿐이었다.

잠시 후 엘리자베스는 빙리 양이 자신을 유심히 바라보고 있다는 것을 알게 되었다. 특히 엘리자베스는 다아시 양에게 말을 건넬 때마다 빙리 양이 모든 신경을 집중한다는 것을 알아차렸다. 그녀는 이런 시선을 느끼면서도 다아시 양과 대화를 나누지 못할 정도는 아니었지만, 말을 별로 하지 못했다고 해서 아쉬울 것도 없었다. 그녀는 자기 자신에 대해 생각하느라 다른 것을 신경 쓸 여유가 없었기 때문이다. 엘리자베스는 갑자기 남자들이 방으로 들어올지도 모른다고 생각했다. 또한 그렇게 찾아올 사람들 가운데 이 집의 주인이 있기를 바라면서도 한편으로는 두려운 마음도 들었다. 그녀는 이렇게 상치되는 감정 중에 어떤 마음이 앞서는 것인지 판단을 내릴 수 없었다. 엘리자베스는 15분 넘게 빙리 양의 말을 듣지 못하다가 빙리 양이 쌀쌀맞은 태도로 가족들의 안부를 묻자 그제야 정신을 차렸다. 하지만 그녀는 간략하게 대답했고, 빙리 양은 더는 아무 말도 건네지 않았다.

하인들이 냉육과 케이크, 그리고 제철 과일을 내오자, 앤슬리 부인은 다아시 양에게 몇 차례 의미를 지닌 눈짓을 하기 시작했다. 그녀는 그제야 자신의 역할을 떠올릴 수 있었다. 피라미드 모양으로 아름답게 쌓인 포도와 여러 복숭아를 본 그들은 식탁 주변으로 모여들었다.

사람들이 식사하는 동안 다아시가 방으로 들어왔다. 엘리자베스는 식사하면서도 자신이 다아시를 맞닥뜨리는 것에 대해 호의적인지 혹은 두려움을 느끼는지를 여러 측면에서 생각했다. 얼마 전까지만 해도 그녀는 그를 만날 수 있기를 바랐지만, 막상 그가 들어서는 것을 보자 조금 전의 생각을 후회하기도 했다.

다아시는 저택에 와 있던 두어 명의 신사, 그리고 가디너 씨와 함께 낚시에 열중하고 있었다. 그러다가 그날 아침 가디너 부인과 엘리자베스가 조지아나를 방문할 계획이었다는 말을 듣고 급히 자리를 옮겼다. 마침내 그를 만나게 된 엘리자베스는 마음을 가라앉히려고 부단히 애썼다. 그가 방에 들어서자, 모든 사람이 자신과 다아시의 행동을 하나하나 지켜보았기 때문에 더욱 그랬다. 그중 빙리 양이 특히 그들에게 관심을 보였다. 그녀는 두 사람과 이야기를 나눌 때는 언제나 미소를 잃지 않았다. 왜냐하면 그녀는 다아시에 대한 관심을 여전히 버리지 않았으며, 또한 질투하는 감정 때문에 태도까지 날카로워지지는 않았기 때문이다. 다아시 양은 오빠가 방에 들어오자, 더 많은 말을 하기 위해 노력했다. 엘리자베스는 다아시가 여동생과 자신이 친하게 지낼 수 있기를 누구보다 바라고 있고, 그래서 그들 모두와 대화를 나누기 위해 노력한다는 것을 알고 있었다. 빙리 양 또한 이런 사실을 눈치챘다. 그녀는 화를 주체하지 못하고 쌀쌀맞게 말했다.

"엘리자베스 양, 부대가 다른 곳으로 주둔지를 옮긴 건 아니나요? 후유, 댁의 가족들은 무척이나 슬퍼하시겠어요."

마침 다아시가 앞에 있어서 위컴의 이름을 언급하지는 않았지만, 그녀는 곧 빙리 양이 자신을 괴롭히기 위해 그런 말을 했다는 것을 알아차렸다. 엘리자베스는 빙리 양의 공격적인 말 때문에 삽시간에 마음이 혼란스러워졌다. 하지만 그녀는 이를 막기 위해 최대한 아무렇지도 않은 듯한 말투로 대답했다. 그녀는 문득 다아시를 바라보았다. 그는 흥분을 감추지 못하며 그녀를 바라보고 있었고, 다아시 양은 너무나 당혹스러웠는지 시선을 아래쪽으로 떨구고 있었다. 만약 빙리 양이 그런 말을 하는 것이 더없이 친한 친구에게 헤아릴 수 없는 고통을 안겨 줄 수도 있다는 것을 알았다면, 그녀는 분명 그렇게 비꼬는 식의 말을 하지는 않았을 것이다. 하지만 빙리 양의 말에는 명확한 의도가 있었다. 그녀는 오로지 엘리자베스가 호감을 품고 있는 것처럼 보이는 남자의 이야기를 굳이 드러내어 그녀의 마음을 아프게 하고, 나아가 다아시가 가지고 있는 그녀에 대한 인상을 부정적으로 바꾸기 위해 그런 말을 한 것이다. 게다가 빙리 양은 그녀의 가족들이 해당 부대의 사람들을 만나며 저질렀던 일들을 그에게 알려 주고 싶은 마음도 컸다. 하지만 그녀는 다아시 양이 도망치려다 결국 실행에 옮기지 못한 이야기는 모르고 있었다. 그 일은 엘리자베스를 제외한 다른 사람들에게는 비밀로 했기 때문이다. 더구나 다아시는 그 사실을 빙리 집안의 사람들에게 감추기 위해 각별한 노력을 기울였다. 엘리자베스가 이전부터 추측했던 것처럼 다아시는 여동생이 빙리 집안의 일원이 되기를 바랐기 때문이다. 그는 이러한 계획을 세우고 있었고, 이것이 빙리와 베넷 양의 사이를 멀어지게 하는 효과가 있을 것이라는 생각까지는 하지 않았지만, 적어도 그 행동은 친구의 행복을 바라는 다아시에게는 도움이 되는 일이었다.

하지만 엘리자베스가 그 말을 듣고도 침착하게 행동하는 것을 보자, 그는 마음을 가라앉힐 수 있었다. 더구나 이 말을 한 빙리 양도 상심을 감추지 못해서 맞바로 위컴의 이름을 언급할 용기를 내지는 못했다. 조지아나도 더는 어떤 대화를 이어 나가지는 못했지만, 마음만큼은 평안을 회복할 수 있었다. 다행히 오빠는 이 문제에 그녀가 연관되어 있다는 사실을 눈치채지는 못한 듯했다. 엘리자베스로부터 그의 마음을 멀어지게 하도록 한 말은 오히려 그가 엘리자베스에 대해 품고 있는 마음을 더욱더 두드러지게 하는 역할을 했다.

어느 정도의 대화가 이어진 뒤 엘리자베스 일행은 곧 자리를 빠져나왔다. 다아시가 마차가 있는 곳까지 그들을 배웅하러 나갔을 때 빙리 양은 엘리자베스의 몸매나 행동거지, 옷차림 등을 제멋대로 평하며 울화를 삭히려 애썼다. 하지만 조지아나는 굳이 이 상황에 끼어들고 싶지 않았다. 오빠가 엘리자베스를 좋게 보았기 때문에 그녀 또한 호감을 느끼지 않을 수 없었던 것이다. 오빠는 그녀의 사랑스러움과 상냥함을 칭찬하기에 바빴고, 그녀는 오빠의 그러한 판단을 전적으로 신뢰했다. 다아시가 응접실로 돌아오자, 빙리 양은 다아시 양에게 한 말을 재차 그에게 소리 높여 말했다.

"다아시 씨, 오늘 엘리자베스 양의 안색이 너무 안 좋던데요? 지난겨울 이후에 저렇게 변한 사람은 처음 봤어요. 얼굴빛도 검게 변하고, 피부도 까끌까끌해졌던데요. 루이자와 저는 차라리 그녀를 다시 만나지 않는 게 나았을 거라는 얘기를 나누고 있었어요."

다아시는 당연히 그 말을 고깝게 받아들일 수밖에 없었다. 그는 그녀의 모습에서 조금 피부가 탄 것 이외에는 예전과 별다른 차이점을 찾지 못했다. 그는 냉정하게 여름철에 여행하다 보면 피부가 타는 것은 지극히 당연한 일이라고 매몰차게 답했다.

그러자 빙리 양은 이렇게 대꾸했다.

"저는 단 한 번도 그녀가 아름답다고 느낀 적이 없어요. 얼굴은 너무나 말랐고 안색에는 매끄러운 기운이 보이지 않지요. 이목구비 중 어디 예쁜 구석이 한 곳이라도 있던가요. 코는 개성이 없고 콧날도 뚜렷하지 않고, 치아는 그저 봐 줄 만한 정도에 불과하지요. 다른 사람들은 그녀의 눈이 예쁘다고 말하기도 하지만, 제가 볼 땐 그렇지도 않아요. 눈빛은 심술궂고 날카롭기만 할 뿐이라 저는 도저히 호감을 느낄 수가 없어요. 더구나 그녀의 태도는 품위가 떨어질뿐더러 자만심만 그득그득하지요. 정말 눈 뜨고 못 봐 줄 정도라니까요."

빙리 양은 다아시가 엘리자베스를 흠모한다는 사실을 알고 있었기 때문에 이런 대처가 최선의 전략이 아니라는 것 또한 알고 있었다. 하지만 화난 인간이 현명하기란 어려운 일이다. 그래도 다아시가 약간 낯빛이 붉어지자, 그녀는 자기의 바람을 어느 정도 이루었다고 느꼈다. 하지만 여전히 그는 입을 떼지 않았다. 빙리 양은 갖은 수를 써서라도 다아시의 입을 열게 하고 싶어서 말을 이어 나갔다.

"우리가 하트퍼드셔에서 엘리자베스 양을 처음 만났을 때 그녀가 미인으로 소문났다는 사실을 듣고 소스라치게 놀랐던 것이 생각나네요. 어느 날 밤에 당신이 한 말씀도 기억나고요. 아마 네더필드에서 그 가족들과 식사한 뒤였을 거예요.

당신은 '저 여자가 미인이라고? 차라리 저 여자 어머니를 재주 있는 부인이라고 부르는 게 낫겠군.'이라고 말씀하셨었지요. 하지만 그 사건 이후에는 그녀를 점점 잘 보시게 된 것 같군요. 이제는 그녀를 그저 한때 예뻤던 사람이라고 생각하시는 것 같아요."

그러자 다아시는 더는 참을 수 없다는 듯이 대답했다.

"하지만 그것은 제가 그녀를 처음 만났을 때 했던 생각에 불과합니다. 그녀를 제가 아는 여인 중에서 가장 아름다운 사람이라고 여기게 된 지는 몇 달 정도 된 것 같네요."

말을 마친 그는 자리를 떠났다. 빙리 양은 결국 자신에게 고통을 주는 말을 억지로 다아시에게 하게 했다는 씁쓸한 만족감만을 느껴야 했다.

가디너 부인과 엘리자베스는 숙소로 돌아가는 길에 다아시 양을 방문하면서 있었던 일들을 떠올리며 이야기를 나누었지만, 정작 그들이 공통으로 관심을 가진 주제만은 꺼내지 못했다. 그녀들은 자신들이 만난 사람의 용모나 행동에 관해 평했지만, 그들의 화두가 되었던 사람에 대해서만큼은 언급하기를 꺼렸다. 그들은 그 사람에 대한 이야기만 빼고는 그의 여동생과 친척, 그리고 저택과 과일 하나하나에 이르기까지 자신들이 본 모든 것에 대해 대화를 나누었다. 하지만 엘리자베스는 속으로 가디너 부인이 그 사람을 어떻게 여기는지 알고 싶었고, 부인 또한 엘리자베스가 그 이야기를 먼저 꺼내주기를 내심 바라고 있었다.

4

엘리자베스는 램튼에 도착하자마자 제인에게 편지가 오지 않았는지 확인했지만, 이틀 동안은 어떤 답장도 오지 않아 실망할 수밖에 없었다. 하지만 사흘째 되던 날 아침, 언니로부터 두 통에 달하는 편지를 한꺼번에 받게 되어서 그녀의 불평도 자연스레 사라졌다. 그중 한 통은 제인이 주소를 잘못 쓰는 바람에 다른 곳으로 잘못 배달되었다는 표시가 되어 있었다.

편지가 왔을 때는 모두 산책하러 나가기 위해 준비하고 있었다. 외삼촌과 외숙모는 조카가 차분하게 편지를 읽을 수 있도록 둘이서만 산책하러 나갔다. 그녀는 잘못 배달되었던 편지부터 읽기 시작했다. 글머리에는 시골 소식과 소소한 모임에 대한 이야기가 있었다. 하지만 하루 뒤의 날짜가 적혀 있던 후반부에서는 제인의 흥분이 역력히 느껴져서 정신을 바짝 차리고 읽어야만 했다. 그 내용은 다음과 같았다.

사랑하는 엘리자베스야. 어제 글을 쓴 후에 전혀 예상할 수 없었던 큰일이 일어났단다. 네가 걱정하지는 않았으면 좋겠구나. 우리 모두는 건강하니까. 내가 말하려는 일은 다름이 아니라 바로 불쌍한 리디아에 대한 이야기야. 지난밤 자정 무렵, 느닷없이 포스터 대령한테서 속달 우편이 왔어. 아니 글쎄 리디아가 장교 한 사람과 스코틀랜드로 달아나 버렸다는 거야. 그 장교는 당연히 위컴 씨였고! 우리가 얼마나 놀랐는지 상상이 되니? 하지만 키티는 그 말에 그렇게 동요하지는 않더라고. 너무 딱하게 되었지. 두 사람이 그토록 분별없이 결혼하다니 말이야! 하지만 나는 그저 모든 일이 잘 해결되리라 생각하고 있어. 그저 내가 그 사람 성격을 오해한 것으로 믿어야겠지. 위컴 씨가 경솔한 바가 없지는 않지만, 이런 일을 저질렀다고 해서 인성 자체가 나쁘다고 볼 수는 없으니까 말이야. 그 사람의 선택에 최소한 악의적 감정은 없었을 테니, 우리는 그 점을 다행히 여기자꾸나. 왜냐하면 그는 아버지가 리디아에게 상속해 줄 수 있는 재산이 한 푼도 없다는 사실을 잘 알고 있으니 말이야. 하지만 엄마는 너무나 큰 슬픔에 잠기셨고, 아버지는 비교적 꿋꿋하게 이겨 내려 하시는 것 같아. 우리가 그 사람에 대한 좋지 않은 이야기를 부모님께 말씀드리지 않은 것은 그나마 다행스러운 일이야. 이제 우리도 그런 이야기는 잊어야 하겠지. 두 사람은 토요일 자정 무렵에 떠난 것으로 추측하고 있는데, 어제 아침 여덟 시까지는 누구도 그 사실을 모르고 있었어. 나도 속달을 받은 거고. 리지야, 아마 두 사람은 이곳에서 겨우 10마일도 안 되는 곳을 지나갔을 거야. 포스터 대령은 곧 이곳으로 찾아오겠다고 하셨어. 리디아가 대령 부인에게 자기 뜻을 몇 줄 적어 놓고 달아난 모양이야. 오늘은 이만 줄일게. 가련한 엄마 곁을 너무 오래 떠나 있을 수는 없을 것 같아. 네가 영문을 이해하기 어려울 수도 있겠지만, 지금 나도 이 사실을 이해하기 힘든 건 마찬가지야.

미처 자신의 감정과 생각을 정리할 틈도 없이 편지를 읽은 엘리자베스는 바로 다른 한 통의 편지를 집어 들고는 무섭도록 빠르게 읽어 내려갔다. 그것은 첫 번째 편지의 후반부 이야기를 쓴 지 바로 하루 뒤에 작성한 것이었다.

사랑하는 동생아, 지금쯤은 내가 급히 써서 보낸 편지를 읽었으리라 생각한다. 이번 편지는 어제의 내용보다 조금 더 이해하기 쉬웠으면 좋겠어. 하지만 나도 여전히 마음이 혼란스러워서 얼마나 명확하게 쓸 수 있을지는 모르겠구나. 리지야, 사실 나는 지금 무엇을 전달해야 할지도 잘 모르겠어. 하지만 나쁜 소식이라도 최대한 빨리 전해야 할 것 같구나. 두 사람의 결혼이 분별없고 경솔하기 짝이 없긴 했지만, 그래도 우리는 이제 그 결혼이 성사라도 되기를 간절히 바랄 수밖에 없어. 왜냐하면 그들이 스코틀랜드로 떠나지 않았을 가능성도 있기 때문이야. 그저께 브라이턴을 떠나 온 포스터 대령은 우리가 속달 우편을 받은 뒤 얼마 되지 않아 이곳에 오셨어. 리디아가 대령 부인에게 남긴 편지로 두 사람이 그레트나그린(스코틀랜드의 작은 도시. 영국에서는 미성년자와 결혼하려면 부모의 동의가 꼭 필요했는데, 스코틀랜드에서는 이 요건이 필요하지 않아 법을 회피하기 위해 이 지역으로 이주하는 경우도 종종 있었다.)으로 간다고 생각했지. 그런데 데니 씨 말로는 위컴 씨가 그곳으로 갈 생각이 없고, 리디아와 결혼할 생각도 없다고 말했다는 거야. 그의 말을 들은 포스터 대령은 크게 화나서 두 사람의 뒤를 쫓기 위해 브라이턴을 떠나 오셨다는 거야. 클래펌(런던의 교외 지역)까지는 어느 정도 뒤쫓아갈 수 있었지만 그 이상은 불가능했대. 그곳에 가자마자 그들은 다른 마차를 빌려 타고, 엡섬에서부터 타고 왔던 마차를 돌려보냈기 때문이지. 이후에 알려진 것이라고는 두 사람이 런던으로 가는 것을 어떤 사람이 봤다는 것이 전부야. 포스터 대령은 그 지역을 이리저리 수소문했지만 죄다 헛수고였어. 두 사람이 지나가는 것을 보지 못했다는 사람도 많았나 봐. 포스터 대령은 롱본에 오셨는데 진심으로 걱정하시더라. 포스터 대령과 포스터 부인을 생각하면 정말 마음이 아파. 어떻게 두 분 탓을 할 수 있겠니. 리지야, 우리의 상심은 이루 말할 수가 없을 정도란다. 부모님은 사실 최악의 경우를 고려하시기도 하지만, 나는 위컴 씨가 그렇게 나쁜 사람이라고 여기지는 않아. 어쩌면 기존의 계획보다 런던에서 비밀리에 결혼하는 것이 나았을 수도 있어. 혹여나 그 사람이 무슨 안 좋은 일을 꾸미고 있다고 하더라도 리디아가 이를 간파하지 못할 아이는 아니지. 하지만 포스터 대령은 여전히 두 사람이 결혼하기 위한 목적으로 떠난 것이 아니라고 생각하시니 나는 더욱 슬퍼질 뿐이야. 내 생각을 말해 보기도 했지만, 대령은 위컴 씨가 신뢰할 만한 사람이 아니라고 하셨어. 엄마는 병이 나서 온종일 방에만 계셔. 어서 회복하셨으면 좋겠지만, 지금 상황을 보면 기대할 수도 없는 노릇이지. 아버지는 너무나 마음이 동요하시는 것 같아. 나는 지금껏 아버지가 이렇게 혼란스러워하시는 것을 본 적이 없을 정도니까. 아버지는 키티한테 두 사람의 이야기를 왜 숨겼느냐고 심하게 나무라기도 하셨어. 키티 입장에서는 내밀한 속사정까지 알 수는 없었으니 조금 억울했겠지만 말이야. 리지야,

너라도 일단 이런 상황에서 벗어나 있으니 정말 다행이야. 하지만 일이 이렇게 되고 보니 네가 돌아오기를 바랄 수밖에 없게 되었어. 더불어 그쪽에 계시는 모든 분이 최대한 빨리 이곳으로 와 주셨으면 해. 상황이 여의치 않으면 어쩔 수 없지만 말이야. 그리고 외삼촌께는 특별히 부탁드리고 싶은 것이 있어. 아버지는 리디아를 찾기 위해 포스터 대령과 곧 런던으로 떠나실 예정이야. 어떤 궁리를 하시는지 명확히 알 수는 없지만, 비탄에 빠져 계시다 보니 결정하시는 것이 쉽지는 않아 보여. 더구나 포스터 대령은 내일 밤에는 브라이턴으로 돌아가셔야 한대. 이런 중대한 시기에 외삼촌의 도움이 꼭 필요해. 그분도 내 마음을 이해해 주시고, 기꺼이 손을 내밀어 주시리라 믿어.

"외삼촌은 지금 어디에 계시지?"

엘리자베스는 편지를 다 읽자마자 자리를 박차고 일어나 외삼촌을 찾으려고 했다. 하지만 그녀는 문 앞에 다아시가 서 있는 것을 보고는 깜짝 놀랐다. 다아시 역시 그녀가 창백한 얼굴로 서두르는 것을 보고 놀랐다. 그가 엘리자베스에게 안부를 묻기도 전에 그녀는 다급하게 외쳤다.

"실례인 줄 알지만, 지금은 대화를 나눌 시간이 없네요. 급한 일이 생겨서 빨리 외삼촌을 찾아야만 해서요."

"무슨 일 때문에 그러는 거지요?"

예의보다 감정이 앞선 다아시는 다급히 말했다. 하지만 그는 이내 정신을 가다듬고 예의를 차리며 다시 물었다.

"조금이라도 이 일을 미루고 싶지는 않습니다만, 그분은 저나 하인이 찾아볼 수 있을 것 같군요. 조금 혼란스러우신 것 같은데, 혼자 나가기는 버거우실 듯합니다."

엘리자베스는 다리가 후들거릴 정도로 몸을 가누지 못해서 지금 당장 나가는 것은 무리인 상태였다. 그녀는 할 수 없이 하인에게 주인 내외를 모셔 오라고 지시했다.

하인이 방을 나간 뒤, 엘리자베스는 안색이 나빠지다가 이내 풀썩 주저앉고 말았다. 다아시는 그녀 곁에 머무르며 최대한 부드럽게 말을 건넸다.

"하인에게 간호하도록 지시를 내릴게요. 일단 포도주라든가 다른 것을 드시면서 기력을 되찾아야겠어요. 너무 힘들어 보이시거든요."

그러자 그녀는 최대한 기운을 차리려고 애쓰며 말했다.

"괜찮아요. 아무 일도 아니에요. 신경 써 주셔서 고마워요. 단지 롱본에서 받은 유감스러운 소식 때문에 속상할 뿐……."

엘리자베스는 왈칵 눈물이 쏟아져서 어떤 말도 이어 갈 수 없었다. 영문을 모르는 다아시는 혼잣말을 하며 걱정하다가 그녀를 말없이 바라보았다. 이윽고 엘리자베스는 상황을 설명하기 시작했다.

"언니에게 정말 끔찍한 내용이 담긴 편지를 받았어요. 이 제는 감출 수 없는 일이겠지요. 우리 막내가 지난밤에 모두를 뒤로하고 한 남자, 아니 위컴 씨와 줄행랑을 쳤다는 거예요. 두 사람은 브라이턴에서 사라졌대요. 당신은 위컴 씨를 잘 아 시니 이후 일어날 일도 예측하실 수 있겠지요. 그 애는 돈도 없고, 재력 있는 친척도 없어요. 그 남자의 마음에 들 만한 조건은 하나도 없는 거지요. 그런 남자와 도피해 버렸으니 이제 막내의 인생은 끝난 것과 마찬가지예요."

다아시는 너무 놀란 나머지 온몸이 굳는 듯했다. 그러자 엘리자베스는 훨씬 더 떨리는 목소리로 말했다.

"저는 그 사람을 잘 알고 있었으니, 어쩌면 제가 그 사태를 막을 수도 있었을 거예요. 제가 그 사람 인성에 대해서 조금 이라도 가족들에게 일러 주었으면 좋았을 텐데! 단 일부만이라도요! 하지만 지금은 너무 늦은 일이 되어 버렸네요."

"정말 통탄할 노릇이군요. 저 또한 충격이 큽니다. 하지만 그 내용이 정말 확실한 건가요?"

"물론이지요! 지난 일요일 밤, 두 사람이 브라이턴을 떠나 런던으로 향했다는 것까지 행적을 확인하기는 했지만, 그 이상은 찾아내지 못했어요. 그들이 스코틀랜드로 향하지 않은 것은 분명하고요."

"그렇다면 지금까지 동생을 찾기 위해 어떤 시도를 하셨나요?"

"아버지께서는 런던으로 떠나셨지요. 그리고 제인 언니는 외삼촌의 도움을 바라는 편지를 제게 보냈어요. 아마 우리도 30분 내로 떠나야만 할 거예요. 하지만 이외에 다른 방법이 없다는 것 또한 알고 있어요. 그 사람의 마음을 어떻게 설득할 수 있겠어요? 아니 일단 두 사람을 찾아낼 수는 있을까요? 일말의 희망도 없는 너무 무모한 짓이지요!"

다아시는 아무 말도 없이 동의하며 고개를 가로저었다.

"제가 그 사람의 본성을 확실히 알아챘을 때 어떻게든 손을 썼어야 했어요. 하지만 저는 그 일이 너무 두려웠어요. 지금 돌이켜 보니 정말 끔찍한 실수를 하고 만 거예요!"

다아시는 그녀의 말에 대꾸하지 않았다. 그는 혼자만의 생각에 빠져 미간을 찌푸린 채 방 안을 서성거렸다. 그 모습을 본 엘리자베스는 자신의 힘이 서서히 줄어들고 있다는 것을 깨달았다. 그에게 이런 일을 들킨 이상 당연할지도 몰랐다. 그가 말을 아끼고 있다는 생각이 들자, 그녀는 더욱 심란해졌다. 이 생각으로 그녀는 오히려 자신이 무엇을 원하는지 분명히 깨닫게 되었다. 이제 거짓 없이 그를 사랑할 수 있으리라 확신하게 된 것이다.

하지만 그녀의 이기심은 그 이상 커지지는 않았다. 리디아가 벌여 놓은 일들을 생각하니 사사로운 감정은 차치할 수밖에 없었다. 그녀는 얼마간 손수건으로 얼굴을 가리고 모든 일을 외면해 버리려 하다가 다아시의 말을 듣고 정신을 차렸다. 그는 부드럽지만 여전히 절제된 어투로 말을 이었다.

"당신은 아까부터 제가 이곳에서 나가기를 바라고 있겠지요. 하지만 저는 당신에게 도움을 못 드린다고 하더라도 진심으로 걱정이 되어서 자리를 비울 수 없었답니다. 제가 당신에게 정말 도움이 될 말이나 행동을 할 수 있다면 얼마나 좋을까요. 하지만 혹여나 제 언사를 생색을 내기 위한 것으로 오해하실지도 모르니 더는 그러지 않을게요. 오늘 제 여동생을 만나시지는 못하겠군요."

"그렇겠지요. 다아시 양께 정말 미안하다고 꼭 전해 주세요. 급한 일이 생겨서 집으로 갈 수밖에 없었다고 말해 주시고요. 하지만 지금 일은 꼭 비밀로 해 주세요. 물론 오래가지는 않겠지만 말이에요."

그는 기꺼이 비밀을 지키겠다고 약속하고는 다시 한번 이 불미스러운 사태에 대해 유감을 표했다. 그리고 친척들에게 안부의 말을 남기며 그녀를 심각하게 응시하다가 이내 자리를 떠났다.

엘리자베스는 이제 더비셔에서 서로가 느꼈던 감정을 가지며 만나는 것이 힘들어졌음을 깨달았다. 그리고 그동안 다아시를 만나며 느꼈던 모순되고 부정적이었던 마음이 이제 와서 호의적으로 변해 버린 것을 느끼며 서글퍼지기도 했다.

서로에 대한 감사와 존중을 기반으로 사랑의 감정이 생긴다고 한다면, 그녀의 이러한 감정 변화는 충분히 개연성 있는 것이었고, 잘못된 것도 아니었다. 하지만 그렇지 않다면, 즉 감사와 존중에서 생긴 사랑이 첫 만남에서 생기는 사랑보다 불합리하고 부자연스럽다면 그녀를 변호해 줄 말은 전혀 없을 것이다. 그녀가 위컴을 좋아했던 당시 후자의 방법을 시도했다가 별다른 성과를 거두지 못하자, 흥미롭지 않더라도 다른 방법을 활용하기 시작했다는 변명을 제외한다면 말이다. 하여튼 엘리자베스는 다아시가 떠나는 모습을 섭섭하게 바라볼 수밖에 없었다. 그리고 리디아의 잘못으로 벌써 이런 불행이 벌어진 것을 생각하니 더욱 괴로워졌다. 엘리자베스는 두 번째 편지를 읽은 뒤부터는 위컴이 리디아와 결혼할 것이라는 어떤 기대도 할 수 없었다. 결혼을 기대하는 사람은 제 인밖에 없는 듯했다. 첫 번째 편지를 읽는 동안 엘리자베스는 여러 번 소스라칠 수밖에 없었다. 위컴이 재산도 없는 여자와 결혼하려 했다는 것과 리디아가 어떻게 그의 마음을 얻었는지 전혀 이해할 수 없었기 때문이다. 하지만 이제는 모든 것을 너무나 잘 판단할 수 있었다. 이런 종류의 사랑이라면, 리디아는 충분한 매력을 지닌 사람이었다. 또한 그녀가 결혼할 생각도 없이 무작정 도망치지는 않았겠지만, 그 아이의 이해력이나 도덕심을 생각하면 충분히 위컴의 꼬임에 넘어갈 수도 있겠다고 여겨졌다.

엘리자베스는 부대가 하트퍼드셔에 주둔하고 있었을 때, 리디아가 위컴을 좋아했다는 사실은 전혀 알아챌 수 없었다. 하지만 유혹에 약한 리디아는 누구라도 관심을 보이기만 한다면 쉽사리 사랑에 빠질 수 있는 성격을 지니고 있었다. 누가 더 자신에게 관심을 보이는지 비교하며 이 남자 저 남자에게 마음을 주었던 것이다. 그녀의 애정은 끊임없이 바뀌었지만, 한 번도 상대방이 없었던 적은 없었다. 엘리자베스는 그러한 동생을 그저 내버려 두었다는 사실을 통렬히 깨달았다.

이제 그녀는 한시라도 빨리 집에 돌아가고 싶어서 미칠 노릇이었다. 더 많은 것을 알아야 할 것 같았고, 제인이 혼자 감당하고 있을 일을 어서 나누어야만 했다. 아버지는 집에 없고, 어머니는 이를 대처할 능력이 없었기 때문에 누군가가 이를 도와야만 했다. 그녀는 일단 그 방책이 미비하더라도 외삼촌이 도와주는 것이 무엇보다 중요하다고 느꼈다. 가디너 씨 부부는 하인의 말을 듣고 혹시 조카가 병에 걸린 것은 아닐까 걱정하며 황급히 돌아왔다. 엘리자베스는 자신이 병에 걸린 것은 아니라고 말한 뒤 외삼촌 부부에게 두 통의 편지를 큰 소리로 읽어 주었다. 특히 마지막 편지의 추신을 힘주어 읽으며 외삼촌 부부를 설득하기 위해 노력했다. 가디너 씨 부부는 리디아에게 각별히 마음을 쓴 것은 아니었지만, 편지 내용을 듣고는 무척 슬퍼했다. 이제 이 사건은 리디아 혼자만의 일이 아닌 모두의 일이 되어 버렸다. 가디너 씨는 경악한 나머지 탄성을 연발하더니 이내 최대한 힘이 닿는 대로 도와주겠다고 약속했다. 엘리자베스는 예상하고 있었지만 눈물을 흘리며 감사하다고 말했다. 세 사람은 될 수 있는 한 서둘러 출발하기로 했다. 그때 가디너 부인이 말했다.

"그런데 펨벌리 일은 어떻게 하지? 존은 네가 우리를 부르러 보냈을 때 다아시 씨가 이곳에 있었다고 하더구나. 사실이니?"

"네, 그래서 약속을 어길 수밖에 없게 되었다고 말씀드렸어요. 그 일은 모두 해결된 것이지요."

"흠, 모두 해결되었다……"

가디너 부인은 갈 채비를 하기 위해 방으로 뛰어가면서 이 말을 되뇌었다.

"두 사람 사이가 이렇게 민감할 이야기를 공유할 정도로 가깝다는 의미인가? 도대체 어디까지 진전이 된 건지 너무 궁금한데?"

하지만 가디너 부인은 그런 희망을 오래 품을 여유가 없었다. 그것은 더없이 분주하고 혼란스러운 지금, 가디너 부인을 잠시나마 기쁘게 해 주었을 뿐이다. 엘리자베스는 조금의 여유라도 있었다면 아무 일도 할 수 없었겠지만, 지금은 나름대로 해야 할 일이 있었다. 그것은 바로 램튼의 지인들에게 자신이 급하게 떠나게 된 이유를 거짓으로 설명하는 편지를 쓰는 일이었다. 이는 한 시간 만에 끝낼 수 있었다. 가디너 씨가 여관비를 정산한 뒤 세 사람은 마차에 몸을 실었다. 그날 내내 비탄에 잠겨 있던 엘리자베스는 생각보다 빨리 롱본으로 떠날 수 있게 되었다.

5

"엘리자베스야, 이번 일을 깊이 생각해 보았는데 말이다."

세 사람을 태운 마차가 시내를 벗어날 때쯤 외삼촌이 말을 건넸다.

"사실 이번 사건은 제인의 판단이 예전보다 조금 더 옳았다고 믿고 싶은 것이 사실이야. 보호자나 지인이 없는 것도 아니고, 더구나 자신의 상관 집에 머무는 아가씨한테 그런 짓을 저지른다는 것은…… 아무리 젊은 남자라도 쉬운 일은 아닐 거야. 그래서 나는 최대한 낙관적으로 바라보고 싶구나. 그도 리디아 친척들의 입장을 전혀 무시할 수는 없었을 거야. 더구나 포스터 대령에게 그런 짓을 저지르고도 부대에서 좋은 대우를 받을 수 있을 것으로 생각했겠니? 그 사람도 이런 위험을 모두 감수하고 유혹했다고 볼 수는 없을 것 같은데."

"정말 그렇게 생각하세요?"

엘리자베스는 밝은 목소리로 물었다. 그러자 가디너 부인
도 이렇게 말했다.

"맞아. 나도 네 외삼촌의 의견과 같아. 품위나 여러 이익
을 따져 보면 사실 굉장히 무모한 짓이지. 난 위컴 씨를 그렇
게까지 나쁜 사람이라고는 여기지 않아. 너는 그 사람이 그
런 짓을 저지르리라 단정할 정도로 그 사람을 안 좋게 생각하
니?"

"물론 자신의 이해관계를 무시할 수는 없겠지요. 하지만
저는 위컴 씨가 그 외에는 무엇이든 묵시할 수 있는 사람이라
고 생각해요. 외삼촌과 외숙모 말씀대로라면 참 좋겠지만, 저
는 긍정적으로 바라보지 못하겠어요. 그것이 맞는다면 두 사
람은 왜 당장 스코틀랜드로 가지 않았을까요?"

"두 사람이 스코틀랜드로 가지 않았다는 분명한 증거가
나온 건 아니잖니?" 하고 가디너 씨가 말했다.

"하지만 두 사람이 중간 지점에서 마차를 갈아탔다는 사
실은 분명해요. 더구나 바넷으로 가는 길에서 그들의 발자취
를 찾을 수 없었다잖아요."

"흠, 그렇다면 일단 두 사람이 런던에 있다고 가정하자. 그
들은 정말 그곳에 있을지도 모르지. 숨는 것 이외에 특별한

목적이 없다고 보면 말이야. 두 사람 모두 경제적으로 풍족한 상황은 아니니 당장 결혼하지는 못하더라도 스코틀랜드보다 런던에서 결혼하는 것이 더 경제적이라고 생각했을 수도 있고."

"그렇다면 대체 이렇게 비밀리에 해야 하는 이유는 무엇이었을까요? 아무한테도 알리지 않고 그런 일을 저지른다고요? 아니에요. 그럴 리가 없어요. 위컴 씨와 제일 각별한 친구도 그 사람이 리디아와 결혼할 생각이 없다고 여기고 있지요. 위컴 씨는 곤궁한 여자와는 절대 결혼하지 않을 거예요. 그는 그럴 만한 여유도 없는 사람이고요. 리디아는 젊고 건강에 이상이 없고 쾌활하다는 것 말고는 가진 게 없잖아요. 그 사람이 부대에서 입소문이 날 것까지 고려하면서 그 애와 도망갈 생각을 했다는 것이 여전히 믿어지지 않아요. 그는 이번 일이 얼마나 큰 영향을 초래할지 잘 모르는 것 같아요. 그리고 외삼촌이 말씀하신 또 다른 것도 당위성이 부족해 보여요. 리디아에게는 그 일에 발 벗고 나설 남자 형제가 없어요. 아버지는 집에서 무슨 일이 일어나든 크게 신경 쓰는 성격이 아니고요. 다른 아버지들처럼 말이지요. 위컴 씨는 이를 간파해서 이런 일이 벌어져도 우리 아버지가 어떤 행동도 취하지 않을 거라고 여기고 있을 거예요."

"그렇지만 리디아가 결혼도 하지 않으면서 그 사람과 사는 것에 동의했다고 생각할 수 있겠니?"

"아무리 다르게 생각해 보아도 정말 가슴이 무너지는 것만 같아요."

엘리자베스가 눈물을 보이며 덧붙였다.

"동생의 품위나 정조를 정녕 의심해야만 하는 것일까요? 제가 동생을 오해하고 있는지도 모르지요. 그 아이는 너무나 어려서 이렇게 심각한 문제에 어떻게 대처해야 할지를 배운 적이 없어요. 지난 6개월, 아니 1년 내내 그 아이는 쾌락과 허영에만 매몰되어 있었지요. 그야말로 자기 마음이 가는 대로 경박하게 시간을 보냈어요. 부대가 메리턴에 처음 주둔했던 이후부터 그 애는 사랑이나 연애나 장교와의 교제 따위만 생각하는 듯했어요. 원래부터 이성보다 감정에 치중했던 아이가 온 힘을 다해 연애에 매달린 것이지요. 그리고 위컴 씨가 여자의 관심을 이끌 만큼 인물이나 말솜씨가 능수능란하다는 것은 누구나 알고 있는 사실이지요."

"하지만 네 언니는 위컴 씨가 그런 짓을 저지를 정도로 나쁘다고 생각하지는 않더구나." 하고 가디너 부인은 말했다.

"언니가 누구를 나쁘게 말하는 것을 보신 적 있으세요? 언니는 그 사람이 과거에 안 좋은 일을 저질렀더라도 쉽게 의심하는 성격이 아니에요. 만천하에 그 일이 다 드러나지 않고서는 말이지요. 하지만 언니도 위컴 씨가 어떤 사람인지는 저만큼이나 잘 알고 있어요. 우리는 그 사람이 난잡하고, 성실하지도 않으며, 부끄러움도 모르는 데다 남의 환심을 사기 위해 알랑방귀를 뀌는 사람이라는 것도 알고 있어요."

"정말 다 알면서 하는 이야기니?"

가디너 부인은 호기심을 보이며 큰 소리로 물었다. 그러자 엘리자베스는 얼굴을 붉히며 말했다.

"물론이지요. 얼마 전 제가 위컴 씨가 다아시 씨에게 벌인 파렴치한 행동에 대해 말씀드린 적이 있었지요. 더구나 외숙모도 저번에 롱본에서 그 사람이 이토록 자신에게 잘 대해 준 사람에게 어떤 일을 저질렀는지 직접 들으셨잖아요. 또 지금은 함부로 말할 수 없는 다른 이야기도 있어요. 말할 가치도 없는 일이지만 말이에요. 펨벌리 가문에 대해 그 사람이 내뱉은 거짓말은 셀 수가 없을 정도예요. 위컴 씨가 다아시 양에 대해 말했을 때 저는 그녀가 오만하고 붙임성이 없는 여자라고만 생각했지요. 하지만 알고 보니 그녀는 정반대의 성격이었어요. 또한 다아시 양이 원래 그랬다는 사실을 위컴 씨도 모를 리가 없지요."

"그런데 리디아는 이런 사실들은 전혀 모르는 거니? 너와 제인이 아는 사실을 그 애라고 해서 모를 리는 없잖아."

"물론 그렇지요. 그 점이 가장 큰 문제인 거예요. 제가 켄트에서 다아시 씨와 피츠윌리엄 대령을 자주 만났을 때만 해도 전혀 그 사실을 알 수 없었어요. 더구나 집에 돌아와 보니 부대가 2주일 이내에 메리턴을 떠나기로 되어 있었지요. 그래서 저희는 우리가 알고 있던 사실들을 굳이 모든 사람에게 알릴 필요는 없다고 생각했어요. 지금까지 주변 사람들은 그를 좋게 생각해 오고 있었는데, 우리가 이제야 그걸 뒤집는 이야기를 하는 것은 전혀 소용없는 일이었지요. 그래서 리디아가 포스터 부인과 함께 떠나기로 했을 때도 위컴 씨의 성격을 제대로 말해 주어야겠다고 생각하지는 않았어요. 리디아가 그런 짓을 벌이리라고는 전혀 생각하지 못했으니 말이지요. 외숙모는 저를 믿어 주시겠지만, 저는 정말로 일이 이렇게 전개되리라고는 조금도 예상하지 못했어요."

"그렇다면 위컴 씨와 리디아가 브라이턴으로 갔을 때 둘이 서로 애정을 느낀다고는 전혀 예상하지 못했다는 얘기구나."

"맞아요. 두 사람 모두 그런 내색을 보이지 않았어요. 만약 조금이라도 그런 징후가 보였다면 우리가 그냥 넘길 리가 없었겠지요. 처음에 그 사람이 부대에서 임관했을 때, 리디아가 그 사람을 정말 좋아했던 것은 사실이었어요. 하지만 그때는 리디아뿐만 아니라 메리턴 근처에 사는 모든 여자가 그랬을 거예요. 더구나 위컴 씨가 리디아만 각별히 대한 것도 아니었고요. 리디아는 점차 시간이 흐르자 그 사람에 대한 애정이 식어서 자신을 조금 더 각별히 생각하는 부대의 다른 사람들을 좋아하게 된 것이지요."

아무리 많은 이야기를 해 보아도 그들의 불안, 희망, 혹은 추측에 도움을 줄 수 있는 새로운 사실이 나오지는 않았다. 하지만 워낙 중요한 일이었기 때문에 다른 이야기를 할 수도 없는 노릇이었다. 엘리자베스는 한순간도 이 문제를 잊을 수 없었다. 별의별 근심과 고통, 그리고 자책감 속에서 그녀는 마음을 편안하게 할 어떤 여유도 누리지 못했다.

그들은 최대한 일찍 도착하기 위해 노력했다. 중간에 쉬지도 않고 마차에서 간밤을 지새운 끝에 그들은 다음 날 저녁 무렵 롱본에 도착할 수 있었다. 엘리자베스는 조금이라도 제인을 빨리 만나서 그녀가 기다리다가 지치지 않은 점에 위안을 삼았다.

가디너 일가의 아이들은 그들이 탄 마차가 달려오는 것을 보느라 정신이 팔린 상태였다가 이내 그들을 보자 반가워했다. 그것은 그들이 처음 받은 환영의 일종이었다.

엘리자베스는 아이들에게 일일이 입맞춤하고는 재빠르게 현관으로 들어섰다. 어머니 방에 있다가 소식을 듣고 아래층으로 내려온 제인은 엘리자베스와 마주할 수 있었다.

두 사람은 서로를 꼭 껴안고는 눈물을 글썽거렸다. 엘리자베스는 그들에 대한 또 다른 소식이 없는지 물었다.

"아직 별다른 소식은 없지만, 이제 외삼촌이 오셨으니 모든 일이 다 잘 풀릴 거야."

"아버지는 런던에 계신 거야?"

"응, 편지에 쓴 대로 화요일에 떠나셨어."

"그 이후에 아버지로부터 소식은 받았고?"

"한 번 받기는 했어. 수요일에 몇 줄 정도 적힌 짧은 편지를 보내셨어. 무사히 도착했다는 내용과 함께 지금 머무시는 곳의 주소가 적혀 있었어. 이제 특별히 전할 일이 아니면 다시 편지를 보내지는 않겠다고 하셨어."

"엄마 상태는 어때? 다들 괜찮은 거지?"

"엄마는 그냥 그래. 아직도 많이 낙담하고 계시고, 침실 바깥으로 나오시지를 않아. 지금은 위층에 계시는데 너와 외삼촌, 외숙모를 보면 분명 반가워하실 거야. 메리와 키티는 아주 잘 있어. 정말 다행이지."

"언니는, 언니는 어땠어? 낯빛이 그리 좋아 보이지는 않는데……. 많이 힘들었지?"

제인은 별 탈 없이 건강하다고 말하며 그녀를 안심시키려
고 했다. 두 사람은 가디너 씨 부부가 아이들을 돌보는 동안
대화를 나누다가 그들이 다가오자 말을 멈추었다. 제인은 가
디너 씨 부부에게 달려갔다. 그녀는 눈물을 흘리지만 웃는 내
색을 보이며 진심으로 감사하다는 말을 건넸다.

외삼촌 부부는 엘리자베스에게 이미 수차례 건넸던 질문
을 제인에게 건넸지만, 조카의 말 이외에 새로운 정보를 얻을
수는 없었다. 하지만 아량이 넓은 제인은 여전히 모든 일을
긍정적으로 바라보고, 이 일이 원만히 해결될 것으로 믿고 있
었다. 또한 매일 아침 리디아로부터 결혼을 알리는 소식이 오
거나 혹은 아버지로부터 일이 어떻게 진행되고 있는지를 알
리는 이야기가 올 것으로 기대하고 있었다.

얼마간 이야기를 나눈 그들은 베넷 부인에게 안부를 물으
러 방으로 향했다. 역시나 부인은 그들을 보자마자 위컴을 마
구 욕하며 자신이 얼마나 괴로웠는지 불평을 늘어놓았다. 또
한 어머니로서 막내를 방치한 잘못을 인정한다기보다 오히
려 다른 사람들에게 그 책임을 돌리기도 했다.

"내 말대로 우리 가족 모두가 브라이턴으로 갔다면 이런
사단은 일어나지 않았겠지. 불행하게도 우리 막내를 돌볼 사

람이 없었기 때문에 이런 일이 벌어진 거야. 포스터 씨 부부는 대체 그 아이를 감시도 안 하고 뭘 했대? 그들이 신경을 조금만 썼더라면 리디아는 그런 짓을 저지르지 않았겠지. 나는 애당초 그 사람들이 리디아를 제대로 보살피지 못할 것으로 생각했는데, 늘 그렇듯이 다들 내 말은 믿지도 않았지. 불쌍한 우리 막내! 네 아버지도 어디서든 위컴 씨를 대면하기라도 한다면 사생결단을 내 버릴 텐데……. 그러다가 죽기라도 하면 어떻게 하지? 남편의 몸이 무덤에서 채 식기도 전에 콜린스 씨는 우리를 쫓아내려 들겠지. 게다가 동생네마저 우리를 외면하면 우리는 이제 어떻게 되어 버릴지 모르겠어."

그러자 모두 그렇게까지 극단적으로 생각할 필요는 없다고 목소리를 높였다. 가디너 씨는 베넷 부인과 가족들에 대한 자신의 애정을 확실히 표현한 다음, 당장 내일이라도 자신이 런던에 가서 베넷 씨를 돕겠다고 말했다.

"너무 좌절하지는 말아요. 최악의 사태를 전혀 고려하지 않을 수는 없겠지만, 그렇다고 그런 일이 실제로 벌어질 확률은 극히 낮을 거예요. 두 사람이 브라이턴을 떠난 지는 아직 1주일도 안 되었지요. 아마 며칠 후에는 무슨 소식이라도 들려올 겁니다. 어쨌든 모든 것을 확실히 알 때까지는 단념하는 감정에 너무 매몰되지 마세요. 제가 런던에 가자마자 바로 매형을 찾아 그레이스처치 가에 있는 집으로 모시고 가서 앞으로의 일을 논의해 보도록 할게요."

"그렇게만 된다면 참 좋겠어. 일단 런던에 도착하면 무슨 수를 써서라도 그들의 행방을 찾아내야 해. 만약 그들이 그때까지 결혼하지 않았다면 일단 혼인부터 맺어 줘야 해. 괜히 결혼 예복 같은 것으로 늦추지 말아야겠지. 일단 리디아한테는 결혼한 뒤에 쓸 만큼의 돈을 주겠다고만 말해 줘. 무엇보다도 매형이 그를 결딴내는 일은 없어야 해. 그리고 지금 내 상태가 어떤지도 꼭 전해 줘. 내 정신은 너무나 혼란스럽고, 온몸은 마구 떨리는 데다 두통은 점점 심해지고 가슴은 너무 두근거려서 미쳐 버릴 것만 같아. 리디아에게는 나를 만나기 전까지는 절대 옷을 사지 말라고 일러 줘. 그 아이는 어떤 곳이 가장 좋은 옷 가게인지를 잘 모를 거야. 나는 그저 네가 이 모든 일을 잘 처리해 줄 거라고 믿고 있을게."

가디너 씨는 꼭 그렇게 하겠다고 연신 말했지만, 너무 극단적으로 걱정이나 기대를 하지는 말라고 덧붙였다. 그들은 식사가 준비될 때까지 이런저런 이야기를 나누었다. 딸들이 자리를 비운 사이에 베넷 부인은 하인에게 자신의 감정을 다시 한번 토해냈다. 이 모습을 본 일행은 이내 자리를 빠져나왔다.

가디너 씨 부부는 베넷 부인이 가족과 격리되어야 할 이유는 없다고 생각했지만, 굳이 이 이야기를 꺼내지는 않았다. 그녀는 여전히 하인들 앞에서 말조심할 만큼의 절제력이 있는 것이 아니었다. 그래서 차라리 신뢰할 만한 하인 혼자 그녀의 하소연을 듣는 것이 낫다고 여겼기 때문이다.

그들은 식당에 가서야 메리와 키티를 만날 수 있었다. 그들은 각자 자신들의 일에 바쁘기만 했다. 한 아이는 책을 읽다가, 다른 한 아이는 화장을 하다가 나온 것이다. 그들에게는 아무런 변화도 찾아볼 수 없었다. 다만 그 사건으로 말미암아 화가 나서인지 키티의 억양이 다소 날카로워졌다는 것 빼고는 말이다. 메리는 식탁에 앉자마자 사뭇 어른스러운 말투로 엘리자베스에게 속삭였다.

"이 일은 너무나 불행한 사건이고, 아마 대부분 사람은 여러 말을 내뱉을 거야. 하지만 우리는 이런 악의의 물결을 무시해야만 하고, 상처 입은 서로의 마음을 위로하는 존재가 되어야 해."

엘리자베스가 별로 대답하고 싶어 하지 않는다는 것을 알아챈 메리는 이렇게 말을 이어 나갔다.

"이번 일이 리디아에게는 틀림없이 불행한 것이지만, 우리는 오히려 반대로 크나큰 교훈을 얻게 되었어. 여자가 한 번

정조를 잃게 되면 다시는 회복할 수 없다는 거야. 첫 단추를 잘못 끼우면 끝을 알 수 없는 파멸에 빠지고, 평판은 금방 깨져 버리지. 또한 가치 없는 남자들을 대할 때는 몸을 조심해야 한다는 걸 되새겨야만 할 테지."

엘리자베스는 그 말을 듣고 너무 놀랐지만, 어이가 없는 나머지 어떤 대답도 할 수 없었다. 하지만 메리는 이 일을 통해 어떤 교훈을 찾는 일에만 흥미를 보이는 듯했다.

엘리자베스와 제인은 오후쯤 30분 정도 둘만의 이야기를 나눌 수 있었다. 엘리자베스는 언니에게 여러 질문을 했고, 제인은 성심성의껏 답변해 주었다. 엘리자베스가 확신하는 이 사태의 결말에 대해서는 제인 역시 부정할 수만은 없었다. 엘리자베스는 이 말을 꺼내며 이야기를 이어 나갔다.

"만약 내가 지금까지 알지 못했던 내용이 있다면 빠짐없이 모두 이야기해 줘. 그리고 조금 더 상세히 이야기해 주면 안 돼? 포스터 대령은 뭐라고 말씀하셨어? 그들이 도망치기 전에 전혀 어떤 것도 알아채지 못하셨던 거래? 그들이 항상 같이 있는 것을 봤을 텐데."

"포스터 대령은 리디아가 위컴 씨를 좋아한다는 것은 눈치챘지만, 그렇다고 경계할 만한 일은 없었다고 하셨어. 그분은 정말 사려가 깊어. 두 사람이 스코틀랜드로 떠나지 않았을 것이라는 생각이 들기 전부터 우리를 걱정하는 마음으로 한 달음에 달려오신 분이지."

"데니 씨는 위컴 씨가 결혼하지 않을 것으로 확신했다면 서? 그는 두 사람이 도망칠 걸 알고 있었대? 포스터 대령이 그 사람을 직접 만나기라도 한 거야?"

"응, 하지만 포스터 대령의 물음에 데니 씨는 속마음을 내 보이려 하지는 않으려고 했대. 두 사람이 결혼하지 않을 것 이라는 생각을 재차 말하지는 않은 것이지. 아마 자기가 더는 그 말을 확신할 수 없기 때문이 아니었을까?"

"그렇다면 포스터 대령이 그 내용을 전해 주기 전까지 우 리 집에서는 누구도 둘이 결혼하지 않은 상태일 수도 있다는 의심을 안 했던 거네?"

"어떻게 그렇게 생각할 수 있었겠니! 나는 조금 불안하고 걱정만 들었을 뿐이야. 만약 리디아가 위컴 씨와 결혼하면 진 정으로 행복할 수 있을지 의심했던 정도였지. 나는 위컴 씨의 행실을 알고 있었으니까. 부모님은 그의 성격을 잘 모르시지 만, 그들의 결혼이 경솔하다는 정도로만 생각하고 계셔. 모든 사정을 알고 있었던 키티는 리디아의 마지막 편지를 보며 일 이 이렇게 되리라고 짐작했던 것 같아. 걔는 두 사람이 몇 주 전부터 사랑하는 마음을 키워 온 것을 알았던 것 같더라고."

"그 시점이 브라이턴으로 그들이 떠나기 전부터는 아니었 겠지?"

"그렇지는 않겠지."

"포스터 대령도 위컴 씨를 안 좋게 보시는 것 같았어? 그 분은 그의 진짜 성격을 아실까?"

"그런 것 같아. 대령도 이전보다 위컴 씨에 관해 긍정적으로 말하지는 않으셨어. 꽤 무분별하고 낭비가 심하다고 말씀하셨지. 그리고 이 일이 벌어진 이후에 위컴 씨가 많은 빚을 남기고 메리턴을 떠났다는 소문이 돌기도 했어. 헛소문이기를 바랄 뿐이지."

"우리가 알고 있었던 사실을 미리 일러두었다면 이런 사건은 일어나지 않았을 거야!"

"그랬다면 좋았겠지. 하지만 그 누구라도 과거의 결점을 끄집어내는 것은 예의가 아니야. 우리는 우리가 할 수 있는 최선의 행동을 했을 뿐이야."

"포스터 대령은 리디아가 부인께 남긴 편지에 관해 자세히 말해 주셨어?"

"안 그래도 우리에게 보여 주시려고 편지를 직접 들고 오셨더구나."

제인은 수첩에서 편지를 꺼내서 동생에게 건네주었다. 편지에는 이런 내용이 적혀 있었다.

해리엇 여사님께

제가 어디로 떠났는지 아신다면 여사님은 웃고 마실 테지요.
저 또한 여사님이 제가 떠난 사실을 아시고 놀라실 것을 생각하
니 괜스레 웃음이 나오기만 하네요. 저는 지금 그레트나그린을
향해 가고 있어요. 누구와 길을 나섰는지는 잘 아시겠지요. 제가
사랑하는 단 한 사람이 정말 천사 같은 분이에요. 저는 이제 그
사람 없이는 너무 불행할 것만 같아요. 그러니 제가 집을 나간
것이 슬프기만 한 일은 아니라고 생각해요. 그리고 굳이 제가
떠난 사실을 롱본에 전하실 필요는 없을 듯해요. 제가 직접 제
이름이 적힌 편지를 보내면 그들은 더욱 깜짝 놀랄 수밖에 없겠
지요. 리디아 위컴이라고 말이에요! 아, 너무 재미있을 것 같아
요. 그 생각을 하니 웃음이 피식피식 나와 제대로 편지를 쓸 수
없을 지경이네요. 프랫 씨에게는 오늘 저녁 같이 춤추기로 한
약속을 지키지 못하게 되어 미안하고, 다만 전후 사정을 제대로
알게 되면 나를 이해할 수 있을 것이라고 전해 주세요. 또 다음
번에 무도회에서 만난다면 꼭 같이 춤출 것이라고 전해 주시고
요. 챙기지 못한 옷은 사람을 불러서 받도록 할게요. 참, 짐을 챙
기기 전에 샐리에게 모슬린 가운의 터진 곳을 수선해 달라고 꼭

일러 주세요. 포스터 대령께도 안부 전해 주시고요. 그리고 이제
저희가 행복한 여행을 할 수 있도록 축배를 들어 주세요.

당신의 벗, 리디아 베넷 올림

"이렇게 철딱서니가 없다니!"

편지를 다 읽은 엘리자베스가 소리쳤다.

"무슨 편지를 이렇게 썼지? 하지만 리디아가 진지한 목적
을 가지고 여행을 떠난 것쯤은 알겠어. 위컴 씨가 나중에 어
떤 식으로 꼬드겨졌는지는 모르지만, 그 아이가 이번 일을 꾸민
건 아니었네. 후유, 아버지는 얼마나 속상하셨을까?"

"아버지는 10분 정도 아무 말도 하지 못하셨어. 난 그렇게
아버지가 충격받은 모습을 본 적이 없어. 엄마는 금방 앓아누
우셨고, 집은 한바탕 난리가 났지."

"언니, 그런데 그날 하인 중에서 이 일을 몰랐던 사람이 있
었을까?"

"있었기를 바라지만, 확실히 알 수는 없어. 그런 말이 새어
나가지 않도록 조심한다는 것은 정말 어려운 일이지. 엄마는
예민하게 구셨고, 나는 최대한 엄마를 도와드리기 위해 노력
했어. 하지만 더 무서운 일이 일어날 수도 있었기 때문에 갈
피를 잡지 못하고 너무 힘이 들었지."

"언니가 엄마를 돌보는 일은 무척 힘들었을 거야. 언니도 안색이 안 좋아 보이는걸. 내가 언니와 이 부담을 나눌 수 있었다면 좋았을 텐데."

"메리와 키티는 그나마 동요하지 않았고, 또 나름대로 힘든 일을 나누고 싶어 하는 듯했어. 하지만 나는 그 애들한테까지 부담을 주고 싶지는 않았지. 키티는 여윈 데다 몸 상태도 좋지 않고, 메리는 열심히 공부하는 아이니 쉬는 시간을 빼앗고 싶지는 않았어. 감사하게도 이모가 아버지가 가신 후화요일에 이곳까지 오셔서 목요일까지 계시다 가셨어. 참 많은 위안과 도움이 되었지. 또 루카스 부인도 우리에게 크나큰친절을 베푸셨는데, 수요일 아침에 이곳까지 오셔서 자신 혹은 가족 중 누구라도 우리를 도와주겠다고 하셨어."

"그분은 그냥 집에 계시는 게 나을 텐데." 하고 엘리자베스는 목소리를 높였다. "뭐 악의적인 마음은 없으시겠지만, 이런 일이 벌어졌을 때는 이웃 사람들을 만나지 않는 것이 현명하지. 직접적인 도움을 받는 건 사실상 불가능하고, 위안을 받는 것도 치욕스럽기만 할 거야. 그저 상대적으로 승리감을 느끼기만 하면 다행이지."

엘리자베스는 아버지가 런던에서 어떤 수단을 써서 리디아를 데리고 올 것인지 물었다.

"내 생각에는 두 사람이 마지막으로 말을 갈아탄 곳으로 보이는 엡섬에 가서 마부들에게 무슨 이야기라도 들어보시려 하는 듯해. 아마 아버지는 클래펌에서 두 사람을 태우고 간 마차의 번호를 찾아내시려 하겠지. 런던에서 한 쌍의 남녀가 마차를 갈아타는 것이 아무래도 다른 사람들의 눈에 띄었을 것으로 여기셨을 테니까. 마부가 어느 곳에서 두 사람이 내렸는지를 안다면 직접 찾아가실 생각인가 봐. 이 모든 것이 불가능한 일은 아니라고 생각하신 것 같아. 다른 건 잘 모르겠어. 너무 황급히 떠나시는 바람에 나도 그 정도밖에 알아낼 수 없었어."

6

다음 날, 가족 모두는 아버지의 편지를 기다렸지만 어떤 소식도 들을 수 없었다. 다른 때라면 편지를 쓰기 싫어하는 베넷 씨의 평소 성격 때문이라고 이해했겠지만, 지금 상황에서는 아버지가 어느 정도 신경을 써 주기를 바랐던 것이다. 가족들은 어쩔 수 없이 특별한 소식이 없는 것으로 결론 냈지만, 그것이나마 확인했으면 좋겠다는 생각이었다. 가디너 씨는 아침까지 편지를 기다리다가 길을 떠날 수밖에 없었다.

외삼촌이 일을 돕기 위해 떠난 뒤, 그들은 이제 어느 정도라도 소식을 주기적으로 전달받을 수 있을 것으로 기대했다. 게다가 가디너 씨를 배웅하는 길에 그는 베넷 씨가 최대한 빨리 집으로 돌아올 수 있도록 설득하겠다고 약속해서 베넷 부인을 안심시키기도 했다. 그녀는 남편이 다툼 끝에 죽을 수도 있다는 불안에 떨고 있었기 때문이다.

가디너 부인은 조카들에게 도움을 주기 위해 며칠 더 하트 퍼드셔에 머물기로 했다. 그녀는 조카들과 교대로 베넷 부인을 보살폈고, 때때로 조카들에게 위로의 말을 건네기도 했다. 또한 이모도 자주 가족들을 방문했다. 하지만 그녀는 찾아올 때마다 위컴에 대해 안 좋은 말만 늘어놓았다. 물론 조카들을 위로해 주려는 심산이었겠지만, 그녀의 말 때문에 조카들은 처음보다 마음이 더 울적해질 수밖에 없었다.

불과 석 달 전만 해도 위컴에게 우호적이었던 메리턴 사람들은 이제 애써 그의 평판을 깎아 내리려고 노력하는 것처럼 보였다. 위컴은 거의 모든 상인에게 빚을 지고, 제일가는 바람둥이였다는 소문이 삽시간에 퍼졌다. 사람들은 입을 모아 그를 세상에서 가장 악독한 인간이라고 말했고, 그의 선해 보이는 겉모습은 애초에 믿지도 않았다고 했다. 엘리자베스는 그런 소문들을 절반도 믿지 않았지만, 이 때문에 자신의 동생이 불행한 길로 접어들었다는 생각이 더욱 확고해졌다. 이제는 그나마 긍정적이었던 제인도 희망을 잃어버리기 직전에 이르렀다. 두 사람이 스코틀랜드로 갔다는 본인의 소망을 뒷받침할 만한 어떤 소식도 들려오지 않자, 그녀는 더욱더 절망에 빠졌다.

일요일에 롱본을 떠난 가디너 씨는 화요일쯤 그의 부인에게 편지를 보내 왔다. 편지에는 그가 런던에 도착하자마자 곧 베넷 씨를 찾았고, 그를 설득해서 그레이스처치 가 쪽으로 데려왔다는 내용이 적혀 있었다. 또한 베넷 씨는 자신이 도착하기 전에 엡섬과 클래펌 지역을 샅샅이 수소문했지만, 별다른 소득을 얻지 못해서 이제는 시내에 있는 호텔에 그들이 머무르는지를 모조리 조사해 볼 작정이라고 전했다. 베넷 씨는 그들이 호텔에 머무를 수도 있다고 생각한 모양이었다. 가디너 씨는 이 방법이 실효성이 없을 것으로 생각했지만, 그가 워낙 열성적이어서 그를 도와주기로 했다는 것이었다. 또한 베넷 씨가 당분간은 런던을 떠날 생각이 없는 것 같다고 말하고는 이런 내용의 추신을 달았다.

나는 포스터 대령에게 편지를 썼소. 부대에 있는 위컴 씨의 친구들에게 지금 그가 시내의 어느 곳에 숨어 있을지 알 만한 친척이나 지인이 있다면 알아봐 달라고 부탁한 것이지. 만약 우리가 그런 단서를 얻을 수 있다면 좋은 결과가 있을 것이오. 하지만 지금은 별다른 성과를 얻지 못했소. 포스터 대령은 아마도 우리의 청에 응답하기 위해 가능한 한 모든 일을 도와주리라 믿어 의심치 않소. 하지만 다르게 생각해 보니, 엘리자베스가 현재

그의 친척 중에서 살아 있는 사람이 누구일지 보다 확실하게 말
해 줄 수 있을 것 같소.

엘리자베스는 외삼촌이 그렇게 생각한 이유를 어느 정도
알 듯했지만, 그의 생각에 보답할 만한 정보를 가지고 있지
않았다.

몇 년 전에 돌아가신 부모님을 제외하고는 위컴에게 친척
이 있다는 말을 들어 본 적이 없었기 때문이다. 하지만 부대
에 있는 그의 동료 중 누군가가 더 많은 것을 알고 있을지도
모르는 일이었다. 엘리자베스는 이 방법이 그리 큰 성과를 가
져오지는 않을 것으로 생각했지만, 혹시 모르니 기다려 보기
로 했다.

이제 롱본 사람들은 매일 편지를 기다리는 것이 큰일이 되
었다. 매일 우체부가 오는 시간이면 그들은 초조해하며 조바
심을 낼 수밖에 없었다.

가디너 씨로부터 다른 소식이 오기 전에 뜻밖에도 베넷 씨
앞으로 한 통의 편지가 도착했다. 편지를 보낸 사람은 다름
아닌 콜린스였다. 제인은 아버지가 부재중이더라도 언제든
지 그의 편지를 볼 수 있도록 허락을 받아서 이 편지를 개봉
할 수 있었다. 엘리자베스 또한 언니 곁에서 같이 편지를 읽

어 내려갔다.

삼가 문안 인사를 올립니다.

저는 어제가 되어서야 하트퍼드셔에서 온 편지를 읽고 소
식을 알게 되었습니다. 어떻게 위로의 말씀을 드려야 할지 모
르겠지만, 우리 부부가 할 수 있는 예의를 다하는 것이 당연하
다고 생각해서 이렇게 글을 쓰게 되었습니다. 아저씨와 가족분
들께 진심으로 위로의 말씀을 올립니다. 시간이 지나도 사라지
지 않을 원인으로 생긴 고통이니 더욱더 상심이 크시리라 생각
합니다. 저는 아저씨의 불행을 조금이나마 덜어 드릴 수 있다면
무슨 말이든 마다하지 않을 것입니다. 어쩌면 따님이 죽는 것
이 더 나을 뻔했을 수도 있습니다. 아내 말에 의하면, 따님이 이
런 일을 저지른 데에는 부모가 그녀를 애지중지하며 키운 탓이
라고 여길 만한 이유가 있다고 하니 더욱더 안타까운 일입니다.
하지만 저는 따님이 원래부터 좋지 않은 성격을 지니고 있어
서 그런 일을 저질렀다고 생각합니다. 그렇지 않다면 어떻게 어
린 나이에 이렇게 엄청난 일을 저지를 수 있었겠습니까? 어쨌
거나 아저씨께서 위로를 받으셔야 한다는 생각은 저와 아내, 그
리고 캐서린 부인과 부인의 따님 모두의 생각입니다. 캐서린 부
인과 따님은 딸 하나의 잘못으로 말미암아 다른 따님들도 좋지

않은 영향을 받으리라는 것 또한 염려하고 계십니다. 더불어 누가 그런 집안과 인연을 맺으려고 할지 걱정된다는 말씀까지 하십니다. 지난 11월의 일을 돌이켜 보니 무척 다행이라는 생각이 듭니다. 그때 제가 만일 엘리자베스 양과 결혼했더라면 저 또한 가족의 일원으로서 그런 치욕과 슬픔에 휘말렸겠지요. 저는 이제 아저씨께서 위안을 찾으시고, 그 따님에 대한 애정을 얼른 거두시길 바랍니다. 따님은 자신이 행한 짓에 뒤따르는 해악을 몸소 겪게 내버려 두시기 바랍니다. 그럼 이만 줄이겠습니다.

가디너 씨는 포스터 대령의 답장을 받고 난 후 다시 편지를 보내왔다. 하지만 이번에는 반가운 소식이 하나도 없었다. 위컴과 친밀히 지내온 친척을 전혀 찾을 수 없고, 살아 있는 친척 또한 전혀 없는 것 같다는 내용이었다. 또한 예전에 친하게 지내던 친구들은 있지만, 그가 입대한 이후에는 누구와도 친밀히 지내지 못한 듯했다. 그래서 단서를 찾는 데 도움을 줄 수 있을 만한 사람을 찾지 못한 것이다. 더불어 위컴의 현재 재정 상태가 안 좋다는 것이 그가 은신했다고 보는 유력한 동기였다. 포스터 대령에 의하면 브라이턴에서 그가 진 빚은 1천 파운드 이상이었다. 그가 시내의 상인들에게 진 빚도 많지만, 도박으로 말미암은 노름빚이 훨씬 더 많다는 것이었다. 가디너 씨는 이 모든 사실을 상세히 알렸고, 이를 알게 된 제인은 치를 떨며 소리를 질렀다.

"그가 도박꾼이었다니! 정말 상상할 수조차 없던 일이야."

가디너 씨는 편지에서 베넷 씨가 다음 날인 토요일에 집으로 돌아갈 것이라고 덧붙였다. 모든 계획이 뜻대로 이루어지지 않아 풀이 죽은 베넷 씨가 집으로 돌아가기를 바란다는 가디너 씨의 간절한 청을 받아들이기로 한 것이다. 이제는 가디너 씨가 두 사람을 찾는 일을 전담하기로 했다. 남편이 봉변을 당할까 봐 노심초사했던 베넷 부인은 막상 이 소식을 듣자 크게 실망한 듯했다.

"뭐라고? 불쌍한 리디아도 데려오지 못하면서 집에 돌아온다니! 두 사람을 찾아낼 때까지 네 아버지는 그곳을 떠나지 못하실 거다. 아버지가 떠나 버리면 누가 위컴 씨와 싸워서 리디아와 결혼시킬 수 있겠니?"

가디너 부인은 이제 집으로 돌아가기를 바랐다. 그래서 그녀는 베넷 씨가 런던을 떠나기로 한 시각에 자녀들과 이곳을 나서기로 했다. 마차는 그들을 역까지 태워 준 뒤에 다시 주인을 태우고 롱본으로 돌아왔다.

가디너 부인은 엘리자베스와 다아시의 관계에 대해서 더비셔에서부터 품어 왔던 여러 궁금증을 해소하지 못한 채 돌아갔다. 엘리자베스가 있는 자리에서 막상 이에 관해 언급할 수는 없었다. 가디너 부인은 그에게서 어떤 단서가 될 만한 편지가 오기를 바랐지만, 그 또한 이루어지지 않았다. 엘리자베스가 돌아온 이후로 펨벌리에서는 어떤 소식도 전달되지 않았기 때문이다.

가족 모두가 온전하지 못한 상태여서 엘리자베스 역시 침체할 수밖에 없었다. 그녀는 만약 자신이 다아시를 몰랐더라면 리디아가 벌인 일에 대한 걱정을 어느 정도는 덜 수 있을 것으로 생각했다. 그렇다면 잠을 이루지 못하는 날들도 아마 절반으로 줄었을 것으로 여겼다.

집으로 돌아온 베넷 씨는 평소처럼 차분한 태도를 유지하고 있었다. 말을 잘 하지 않는 것도 예전과 같았고, 자신이 겪은 어떤 이야기도 쉽게 꺼내지 않았다. 참다못한 딸들이 먼저 아버지에게 말을 건넸다.

오후에 베넷 씨가 차를 마시고 있을 때, 엘리자베스는 과감하게 그 일을 언급했다. 그녀는 아버지가 받았을 고통에 대해 위로의 말을 짧게 건넸다. 그러자 베넷 씨가 말했다.

"그렇게 얘기 안 해도 된다. 모두 나 때문에 생긴 일이니 내가 감당해야지."

"너무 자책하지 않으셔도 돼요." 하고 엘리자베스가 말했다.

"자책에 심하게 빠지는 것도 인간의 본성이겠지. 하지만 리지야. 내가 얼마나 큰 고통을 받아야 하는 인간인지 느낄 수 있도록 해 다오. 이 감정이 오래가지는 않을 테니 두렵지는 않구나."

"아버지는 그들이 런던에 있다고 여기시는 거지요?"

"당연하지. 그곳이 아니고는 숨을 데를 찾을 수도 없을 거다."

그때 키티가 느닷없이 끼어들었다.

"게다가 리디아는 항상 런던에 가고 싶어 했지."

"그렇다면 그 애는 행복하겠군. 반드시 그곳에서 오랫동안 살겠지."

베넷 씨는 차갑게 말하고는 한동안 침묵을 지키다가 다시 대화를 이어 나갔다.

"리지야, 나는 네가 지난 5월에 말했던 충고가 결국 맞아떨어졌다고 해서 언짢은 마음을 가지지는 않아. 이번 일을 겪고 보니 참으로 네 생각이 깊다는 것을 알게 되었단다."

그때 제인이 어머니의 차를 가지러 왔다. 그래서 그들의 이야기는 중단되고 말았다.

"참 엄청난 시위군. 자신이 불행한 것이 무슨 대단한 일이라고! 언제 나도 한번 똑같이 해 봐야겠어. 나이트캡을 쓰고 가운을 입은 뒤 서재에 앉아서 아주 성가시게 굴어야지. 적어도 키티가 질려서 도망갈 때까지는 그렇게 해 봐야겠네." 하고 베넷 씨는 언성을 높여서 말했다.

그러자 키티는 못마땅해하며 말했다.

"저는 도망가지 않을 거예요. 제가 브라이턴으로 가더라도 리디아 같은 짓은 하지 않겠지요."

"네가 브라이턴으로 떠난다고? 나는 이제 그 근처인 이스트본까지도 보낼 수 없다! 누가 50파운드를 준다고 해도 말이야! 키티야, 난 이제야 매사에 신중해야 한다는 것을 깨달았단다. 앞으로 다시는 우리 집에 어떤 장교도 발을 붙이지 못할 것이고, 동네 앞을 지나가지도 못하게 할 거야. 언니와 함께 춤추는 것이 아니라면, 무도회에 나가는 것도 일절 금지다. 그리고 매일 적어도 10분 이상 이성적으로 처신했다는 걸 보여 주지 않으면 앞으로는 집 바깥으로는 한 발짝도 못 나갈 줄 알아라."

베넷 씨의 말을 곧이곧대로 믿은 키티는 이내 울음을 터뜨리기 시작했다.

"아니야, 너무 그렇게 낙담하지는 마렴. 네가 앞으로 10년 정도 상냥하게 굴면 열병식에 데려가는 것까지는 생각해 볼게."

7

베넷 씨가 돌아온 지 어느덧 이틀이 지났다. 제인과 엘리자베스는 집 뒤편에 있는 숲을 거닐다가 힐이 자신들을 향해 오는 것을 보았다. 그들은 어머니가 부르는 줄 알고 다가갔지만, 힐은 다른 것에 관해 물었다.

"아가씨, 시간을 뺏어서 죄송해요. 런던에서 좋은 소식을 받으신 것 같아서 실례를 무릅쓰고 여쭈어보러 왔어요."

"그게 무슨 말이세요? 우리는 그쪽에서 아무 소식도 듣지 못했어요."

그러자 힐은 놀라며 큰 소리로 말했다.

"아가씨, 가디너 씨가 속달 우편을 보내신 것을 모르고 계셨나요? 우체부가 30분 전에 다녀갔는데……. 편지는 주인님께서 받으셨어요."

소식을 들은 두 사람은 정신없이 뛰어가 현관을 지나 서재로 향했다. 하지만 아버지는 그곳에 없었다. 그들은 아버지가 어머니와 함께 계실 수도 있다는 생각이 들어서 위층으로 뛰어 올라가던 찰나 집사와 마주쳤다.

"아가씨, 주인님은 작은 숲 쪽으로 산책하러 나가셨습니다."

그러자 그들은 다시 홀을 빠져나와 아버지를 찾기 위해 잔디밭을 가로질러 뛰었다. 마침 베넷 씨는 마당 한쪽에 있는 작은 숲을 향해 천천히 걷고 있었다.

엘리자베스는 행동이 날쌨지만, 제인은 날쌔지도 않고 달리기에도 익숙하지 않아 곧 뒤처졌다. 그사이에 엘리자베스는 아버지를 따라잡고서 큰 소리로 물었다.

"후유, 아버지, 무슨 소식이 온 거예요? 어떤 소식이에요? 외삼촌이 보내신 소식 맞지요?"

"그래, 속달 우편이 왔어."

"어떤 소식이 온 건가요? 좋은 소식인가요, 아니면 나쁜 소식인가요?"

"무슨 좋은 소식이 있겠냐마는."

아버지는 호주머니에서 편지를 꺼내며 말했다.

"그래도 읽어는 봐야겠지."

엘리자베스는 얼른 편지를 집어 들고 읽어 내려가기 시작했다. 마침 제인도 그들 곁에 도착했다.

"큰 소리로 읽어 주렴. 무슨 말인지 나도 잘 알 수 없으니 말이야." 하고 베넷 씨가 말했다.

존경하는 매형, 드디어 조카에 관한 소식을 어느 정도 전해 드릴 수 있게 되었습니다. 대체로 만족할 이야기가 될 것 같습니다. 매형이 토요일에 집으로 돌아가신 후, 저는 운이 좋게도 그들이 어디에 있는지 알게 되었습니다. 자세한 내용은 찾아뵙고 말씀드리겠지만, 저는 두 사람을 찾았고 모두 만날 수 있었습니다.

"둘이 결혼했나 봐. 내 바람이 이루어졌어!" 하고 제인은 소리쳤다. 엘리자베스는 계속 편지를 읽었다.

그들은 결혼하지 않은 상태였고, 결혼할 의사도 분명치 않아 보였습니다. 하지만 매형께서 제가 두 사람에게 건 조건을 이행할 마음이 있으시다면 두 사람은 곧 결혼할 수도 있다고 생각합니다. 매형께서 하실 일은 매형 부부가 돌아가신 후 자녀들에게 상속될 약 5천 파운드의 재산 중에서 리디아에게도 마땅한 지분을 분배하겠다고 보증하시는 것, 그리고 매형이 살아 계시는 동안에는 매년 1백 파운드를 그들에게 송금해 주겠다고 확약하시는 것입니다. 그들은 이런 조건을 걸어 왔는데, 당시 대화를 나누던 저는 이런 협상을 할 만한 권한이 있다고 생각해서 기꺼이 대화에 응했습니다. 이에 저는 매형께서 빠르게 회신하실 수 있도록 속달 우편을 보냅니다. 현재 상황을 보면 위컴 씨는 우리가 알고 있는 것처럼 그렇게 곤궁한 상태가 아니라는 것쯤은 아실 수 있을 것입니다. 이 점에 대해서는 대부분 사람이 잘못 알고 있는 듯합니다. 그는 자신의 빚을 모두 갚은 후에도 여윳돈이 조금 있는 모양입니다. 만약 매형께서 제게 이 협상을 진행할 수 있는 모든 권한을 주신다면 저는 당장 변호사 해거스톤에게 부탁해서 적절한 절차를 진행하도록 하겠습니다. 이제 매형께서 굳이 이쪽으로 오실 이유는 없어 보이니, 저를 믿고 편하게 계시기를 바랍니다. 최대한 빨리 분명한 답신을 주셨으면 좋겠습니다. 리디아가 우리 집에서 머물며 결혼 생활을 해 나가는 것이 최선이라고 판단했고, 매형도 분명 같은 마음이리라 생각합니다. 우선 리디아는 오늘 이곳으로 오도록 했습니다. 결정 사항이 더 생기는 대로 편지를 보내겠습니다.

그레이스처치 가에서

8월 2일 월요일

에드워드 가디너 올림

"정말! 위컴 씨가 리디아와 결혼한다는 게 믿어지지 않아."

편지를 다 읽은 엘리자베스가 소리쳤다.

"그렇다면 그 사람은 우리가 생각했던 만큼 아주 무례한 인간은 아니었네요. 축하드려요, 아버지." 하고 제인이 말했다.

"그래서 답장은 하셨나요?" 하고 엘리자베스가 아버지에게 물었다.

"아니, 하지만 얼른 보내야겠지."

엘리자베스는 아버지에게 더는 걱정하지 말고 어서 편지를 쓰라고 애원했다.

"아버지, 얼른 집에 가셔서 회신을 쓰세요. 한시가 급한 일이잖아요."

"아버지가 쓰기 힘드시면 제가 대신 써 드릴 수도 있어요." 하고 이번에는 제인이 말했다.

"정말 쓰기 싫긴 하구나. 하지만 써야 하겠지." 하고 베넷 씨는 대답한 뒤 딸들과 함께 집으로 발길을 돌렸다.

"아버지, 그런데 그 조건들은 들어주셔야 할 것 같아요." 하고 엘리자베스가 말했다.

"그래야겠지. 다만 나는 위컴 씨가 너무나 돈을 적게 요구한 것이 부끄러울 뿐이다."

"일단 두 사람은 결혼해야만 해요. 위컴 씨도 그럴 수 있는 사람이고요."

"그래, 다른 도리가 없겠지. 하지만 나는 네 외삼촌이 이 일을 추진하면서 얼마나 많은 돈을 썼는지, 그리고 내가 어떻게 그 돈을 갚아 줄 수 있는지 알아야만 해."

"외삼촌께서 돈을 쓰셨다고요? 그건 또 무슨 말씀이세요?" 하고 제인은 깜짝 놀라 소리쳤다.

"내 말은, 조금만 생각해 보면 내가 살아 있을 때는 연 1백 파운드, 내가 죽고 나서는 연 50파운드 같은 적은 돈에 눈이 멀어 리디아와 결혼할 사람은 없을 것이라는 얘기야."

"생각해 보니 맞는 말씀이네요. 저도 거기까지 생각해 보지는 못했어요. 빚 청산을 해도 여윳돈이 있다니! 그것은 분명 훌륭한 외삼촌이 하신 일일 거예요. 금액도 분명 적지 않을 텐데요." 하고 엘리자베스가 말했다.

"맞아. 적어도 1만 파운드 정도를 요구했겠지. 이제 우리 식구가 되려는 사람을 처음부터 너무 부정적으로 보고 싶지는 않지만 말이야."

"세상에! 1만 파운드라고요? 우리는 그 절반이라도 갚을 수 있을까요?"

그러자 베넷 씨는 침묵했고, 모두 각자 깊은 생각에 잠겨 집에 도착할 때까지 누구도 말을 꺼내지 않았다. 집에 도착하자 아버지는 편지를 쓰기 위해 서재로 향했고, 제인과 엘리자베스는 식당으로 들어갔다. 그곳에서 둘만 있게 되자, 엘리자베스는 큰 소리로 말했다.

"정말 결혼하게 되었다니! 뭐 이런 일이 다 있지? 이런 일에 우리가 고마워해야 한다니! 두 사람이 결혼해도 행복할 것이란 보장도 없고, 더구나 악독하기 그지없는 위컴 씨 같은 남자와 결혼하는 것을 기뻐해야 한다니 말이야! 리디아, 정말 나쁜 계집애 같으니라고."

"난 이렇게 생각하면서 그나마 위안으로 삼고 있어." 하고 제인이 말했다. "위컴 씨가 리디아를 진심으로 사랑하지 않았다면 분명 혼인을 맺을 수는 없었을 거라고 말이야. 더없이 고마운 우리 외삼촌께서는 위컴 씨의 빚을 갚아 주려고 하셨을 수도 있지만, 1만 파운드 정도까지 도와주지는 않으셨을 것 같아. 그분도 자식이 있고, 앞으로 또 아이를 낳을지도 모르는 일이잖아. 그런 상황에서 1만 파운드의 절반이라도 지원해 주셨겠어?"

제인의 말을 듣고 엘리자베스가 말했다.

"만약 위컴 씨의 빚을 정확히 알고, 리디아의 몫에서 얼마나 그 사람에게 갔는지 파악한다면 명확히 계산할 수 있을 텐데. 분명 위컴 씨는 자기 돈이 거의 없을 테니, 그렇다면 외삼촌이 얼마를 지원해 주셨는지 알게 되겠지. 리디아를 외삼촌 집에서 머물게 해 주시고 이렇게 지원까지 해 주시는 것은 정말 죽을 때까지 감사해야 할 거야. 아마 지금쯤은 리디아도 외삼촌 집에 있겠지? 그렇게 더없는 환대를 받으면서 반성하지 않는다면 그 애는 행복해질 자격도 없는 거야. 정말 무슨 염치로 외숙모를 뵌 걸까?"

"이제 우리는 그동안 두 사람에게 일어난 일을 되도록 잊어버려야겠지. 나는 여전히 그들이 행복하기를 바라고, 또 그럴 것으로 생각해. 리디아와 결혼하기로 마음먹은 것이 그가 올바르게 생각하고 있다는 증거겠지. 이제 두 사람은 사랑의 힘으로 모든 것을 극복할 수 있을 거야. 그들이 이내 자리를 잡고 안정적인 삶을 꾸릴 수 있다면, 그들이 지난날 저질렀던 경솔했던 일도 모두 잊어버릴 수 있을 거야."

"두 사람의 행동은 우리를 포함한 모두가 절대 잊을 수 없을 거야. 뭐, 이제 와서 얘기해 봤자 아무 소용도 없겠지만."

그들은 어머니가 지금 벌어진 일을 아무것도 모르고 있을 거라는 생각이 들었다. 그들은 당장 서재로 가서 어머니에게 이 소식을 전할지 말지 아버지에게 묻기로 했다. 하지만 편지를 쓰고 있던 아버지는 일말의 관심도 보이지 않고 차갑게 대답했다.

"너희들 마음대로 해라."

"엄마에게 편지를 읽어 드려도 될까요?"

"아, 알아서 하라니까."

그러자 엘리자베스는 편지를 들고 제인과 함께 위층으로 올라갔다. 그곳에는 메리와 키티도 있어서 모두에게 소식을 전할 수 있었다. 제인은 좋은 소식임을 알리고는 편지를 읽기 시작했다. 베넷 부인은 도저히 마음을 가라앉힐 수 없었다. 제인이 두 사람이 결혼하게 되리라는 내용을 읽을 때는 환호성을 질렀고, 편지를 읽을 때마다 점차 마음이 동요할 수밖에 없었다. 베넷 부인은 리디아가 결혼하게 되었다는 사실을 안 것만으로도 더없이 기뻐했다. 그러면서 그녀는 전에 조바심을 냈던 것에 못지않게 기쁨으로 충만해졌다. 베넷 부인은 이제 딸의 행복에 대해 더는 우려하지 않아도 되었고, 저지른 잘못을 기억하며 부끄러운 마음이 들지도 않았다.

"우리 사랑스러운 리디아! 리디아가 열여섯 살에 정말 결혼하게 되다니! 그리고 다시 만날 수 있게 되었다니! 가디너는 더없이 좋은 동생이야. 나는 결국 그가 모든 상황을 다 해결할 줄 알았어. 이제 리디아와 위컴 씨도 어서 만나고 싶구나! 결혼 예복은 어떻게 해야 하지? 얼른 올케한테 편지를 보

내야겠어. 리지야, 지금 아버지한테 가서 리디아에게 얼마 정
도의 돈을 보낼 수 있는지 여쭈어보렴. 아니, 내가 직접 가야
겠다. 키티야, 벨을 눌러서 힐을 불러 줘. 옷은 금방 입을 수
있으니까. 아, 우리 귀여운 리디아! 다시 만난다면 얼마나 즐
거울까?"

제인은 외삼촌이 이번 일을 해결하기 위해 얼마나 큰 노력
을 기울였는지 상기시키며 베넷 부인의 흥분을 누그러뜨리
려고 애썼다.

"사실 외삼촌이 큰 도움을 주셨지요. 외삼촌이 위컴 씨를
도와 마음을 돌리게 하려고 적지 않은 돈을 쏟으신 것이 분명
하니까요."

"맞아. 정말 훌륭한 일이지. 외삼촌이 아니면 누가 그런 일
을 할 수 있었겠니? 만약 그에게 자식이 없었다면 외삼촌의
재산은 나와 너희들이 받게 되었겠지만. 나는 그에게 선물을
몇 번 받은 거 빼고는 무언가를 받아 본 것이 처음이란다. 여
하튼 너무 좋고 행복해! 머지않아 딸 하나를 결혼시킬 수 있
게 되었으니 말이다. 위컴 부인이라니! 이 얼마나 듣기 좋은
칭호니! 더구나 리디아는 지난 6월에 갓 열여섯 살이 되었지.
제인아, 나는 너무 가슴이 떨려서 글을 직접 쓰지는 못할 듯
하구나. 내가 말할 테니 대신 받아 적어 주렴. 돈 문제는 나중

에 네 아버지와 의논하더라도, 일단 물건들은 미리미리 주문해야겠어."

베넷 부인은 이제 캘리코, 모슬린, 패브릭 등의 살림살이를 생각나는 대로 언급하기도 했다. 제인이 아버지와 상의하고 결정하자며 말리지 않았다면 구매 목록은 상당했을 것이다. 그녀는 하루 정도 생각해 보는 것이 큰일은 아닐 것이라고 다시금 말했다. 베넷 부인은 더없이 행복한 상태였기 때문에 예전처럼 고집을 피우지는 않았다. 그러다가 다른 생각이 떠올랐는지 이렇게 말했다.

"옷을 차려입고 얼른 메리턴으로 가야겠어. 너희 이모에게 이 좋은 소식을 알려 주어야지. 또한 돌아오는 길에는 루카스 부인과 롱 부인 댁에도 들를 거야. 키티야, 아래층에 가서 마차를 준비시켜 주겠니? 얼른 바람을 쐬러 밖에 나가고 싶구나. 혹시 너희 부탁할 일은 없니? 아, 때마침 힐이 오는군! 힐, 소식은 들었지? 리디아가 결혼하게 되었단다. 잔치를 열면 자네들한테도 펀치 한 잔씩은 당연히 줘야겠지."

힐은 바로 축하한다는 말을 건넸다. 엘리자베스는 그녀의 축하를 듣다가, 문득 이런 작태에 싫증을 느껴서 더욱 찬찬히 생각해 보기 위해 자기 방으로 들어갔다.

다시 생각해 보아도 리디아의 처지는 나아지지 않을 듯했다. 동생의 앞날은 행복이나 물질적인 풍요와는 거리가 멀어 보였다. 하지만 불과 두 시간 전에 자신이 걱정하던 여러 생각과 비교해 보니 그나마 이렇게라도 된 것이 다행이라고 여겨졌다.

8

베넷 씨는 예전부터 자신이 떠난 뒤 남을 아내와 자식들을 위해 수입의 일부를 조금씩 저축해 두려고 생각한 적이 많았다. 이제 그는 더욱더 그런 생각이 절실해졌다. 자신이 마음먹은 대로 했더라면 적어도 리디아는 처남에게 빚을 지지 않았을 것이다. 그 돈으로 아이를 위해 무엇이든 해 줄 수 있었으리라. 어쩌면 잉글랜드에서 제일 가치가 없는 남자를 끌어들여 자신의 사위로 삼게 된 기쁨을 맛볼 수도 있었을 것이다.

그는 어떤 효용도 없는 일에 처남이 돈을 썼다는 것을 깨달았다. 그래서 최대한 그가 도와준 액수가 어느 정도인지 정확히 파악하고, 되도록 빨리 갚아야겠다고 생각했다.

베넷 씨는 결혼 이후 당연히 아들이 생길 것으로 믿어서 절약하는 것에 큰 신경을 쓰지 않았다. 아들이 자라서 성년이 되면 한정 상속에 대한 규제가 풀리고, 그것만으로 아내와 아이들은 충분히 생활할 수 있을 것으로 믿은 것이다. 하지만 딸만 연이어 다섯 명이 태어나고 아들은 끝내 태어나지 못했다. 베넷 부인은 리디아를 낳은 후에는 분명 자신이 사내아이를 출산할 것으로 막연히 믿고 있었다. 결국 베넷 씨는 아들에 대한 희망을 버리기는 했지만, 저축하기에는 너무 때를 놓쳐 버렸다. 게다가 베넷 부인은 평소에 절약하는 성격이 아니었고, 단지 남편의 수입 이상으로 지출하지 않는 정도로만 소비할 수 있었다.

결혼할 당시 맺은 계약서에는 베넷 부인과 아이들에게 5천 파운드를 상속하게 되어 있었다. 하지만 각각 어떤 비율로 자식들에게 분배할지는 부모의 결정에 달려 있었다. 리디아에게는 이 점만 분명히 해 주면 될 일이었기 때문에 베넷 씨는 처남의 제안을 기꺼이 받아들였다. 이후 베넷 씨는 매우 간결한 문체로 그에게 감사를 표했다. 또한 그가 제시한 조건에 모두 동의하고, 자신이 그 약속을 모두 이행하겠다는 뜻을 밝혔다. 그는 설득을 통해 둘이 결혼하도록 하더라도 이렇게 적은 비용으로 가능할 것이라는 생각은 한 적이 없었다. 그들에게 1백 파운드를 준다고 하더라도 그가 1년에 손해를 보는 금액은 고작 10파운드도 되지 않을 정도였다. 왜냐하면 식비나 용돈, 혹은 어머니를 통해 전달되는 돈 등을 모두 따져 보면 리디아가 소비해 온 금액도 거의 이와 비슷했기 때문이다.

이제 베넷 씨는 이 일로 더는 번거로움을 겪지 않기를 간절히 바랐다. 물론 처음에는 그도 화가 치밀어 올라 딸을 찾으려고 사방팔방 뛰어다녔지만, 분노가 어느 정도 가라앉자 본연의 나태한 상태로 돌아갔기 때문이다. 베넷 씨는 곧바로 편지를 보냈다. 그는 어떤 일을 하겠다고 마음먹기까지는 오랜 시간이 걸렸지만, 일단 시작하면 빨리 해결하고 보는 편이었다. 그는 처남에게 자신이 진 빚을 더욱 상세히 알려 달라고 간청했지만, 리디아에게는 여전히 화나 있었기 때문에 어떤 말도 전하지 않았다.

이 소식은 집안을 비롯해 주변 이웃에게 빠르게 퍼져 나갔다. 하지만 이웃들은 이 이야기를 흥미롭게 받아들이지 않았다. 차라리 리디아가 성 노동자가 되었다거나, 혼전 임신을 해서 한적한 농가에 숨어 있다는 소식이었다면 구미가 당겼을 수도 있었다. 하지만 그들은 리디아의 결혼에 대해서 이러저러한 생각을 늘어놓았다. 메리턴의 수다스러운 부인들은 여전히 이를 좋게 보지 않았다. 그들은 위컴 같은 남자와 인연을 맺는다면 분명히 불행해질 것으로 여겼기 때문이다.

베넷 부인은 이 기쁜 소식을 계기로 무려 2주 만에 다시 아래층으로 내려와 식탁의 상석에 앉았다. 그녀는 매우 기운이 넘쳤고 심지어 의기양양해서 부끄러운 감정이라고는 조금도 찾아볼 수 없었다. 제인이 열여섯 살이 된 이후부터 베넷 부인이 그토록 바라왔던 딸의 결혼이 드디어 실현될 단계에 이르렀기 때문이다. 이제 그녀는 온통 고풍스러운 결혼식이나 훌륭한 모슬린 혹은 새 마차나 하인들에 대한 말만을 늘어놓았다. 또한 딸이 살기에 적절한 곳을 이웃들을 통해 꾸준히 알아보기도 했다. 그 와중에 부부의 수입이 어느 정도인지는 전혀 고려하지 않은 채 집의 조건을 까다롭게 따지기도 했다.

"굴딩네가 집을 옮긴다면 헤이 파크도 괜찮을 거야. 응접실 크기를 고려한다면 스토크에 있는 저택도 좋을 거고. 하지만 애시워스는 너무 멀어. 나와 10마일이나 떨어진 곳에 산다는 건 말도 안 되는 일이지. 퍼비스 로지는 다락방이 너무 보잘것없고……."

베넷 씨는 하인들이 있을 때는 그녀의 말을 잠자코 듣고만 있다가 하인들이 물러가고 난 뒤 이렇게 말했다.

"그들이 어떤 집으로 이사하든 분명히 해야 할 것이 하나 있소. 적어도 롱본 근처에 있는 집에는 발조차 붙이지 못하게 해야겠어. 나는 가까운 곳에서 철면피처럼 굴어 댈 그들과 살고 싶지 않다는 말이오."

베넷 씨의 이 말로 부부는 오랫동안 말다툼을 했다. 하지만 베넷 씨의 의사는 분명했다. 게다가 베넷 부인은 남편이 리디아의 예복 비용을 일절 지원하지 않을 거라는 말을 듣고는 어안이 벙벙했다. 또한 베넷 씨는 그녀의 결혼식에서 어떤 애정의 표시도 하지 않을 거라고 잘라 말했다. 베넷 부인은 딸이 결혼하며 마땅히 누려야 할 것들을 그가 포기했다고 생각해서 남편을 도저히 이해할 수 없었다. 그녀는 결혼 전 그들이 달아났던 일에 대한 수치스러움보다 딸의 결혼식 날 입힐 새 옷이 없어서 창피를 당할지도 모른다는 걱정에 사로잡혀 있었다.

엘리자베스는 다아시에게 이토록 불편한 이야기를 털어놓은 것이 너무 속상했다. 리디아가 결혼할 줄 알았다면 굳이 이 이야기를 꺼낼 필요도 없었다고 생각했기 때문이다.

물론 엘리자베스는 다아시가 이 소문을 퍼뜨릴 것으로 생각하지는 않았다. 오히려 그만큼 비밀을 지켜 줄 사람도 없었을 것이다. 다만 리디아의 잘못을 그가 알게 된 것이 안타까울 뿐이었다. 엘리자베스는 이번 일로 다아시와 자신 사이에 돌이킬 수 없는 벽이 생겼다고 여겼다. 설령 리디아가 명예롭게 결혼한다고 하더라도, 다아시가 그토록 경멸했던 위컴과 친척이 되는 집안과 인연을 맺기는 힘들 것이라는 생각이 들었기 때문이다.

다아시가 이 인연을 받아들이지 못하더라도 엘리자베스로서는 이를 이상하게 여길 수 없었다. 자신의 사랑을 원하는 다아시가 이런 이야기를 듣고도 애정이 남아 있으리라고 생각할 수 없었다. 이것은 더비셔에서 그에게 들었던 이야기로 확신할 수 있었다. 그녀는 이내 비참해졌고, 후회가 밀려왔다. 이제 그에게 어떤 호의도 얻을 수 없고, 그와 이야기도 나누지 못할 것으로 생각하니 오히려 그의 소식을 더욱더 듣고 싶어졌고, 그와 결혼한다면 행복하게 살 수 있을 것 같았다.

불과 4개월 전만 해도 엘리자베스는 그의 청혼을 도도하게 거부했다. 하지만 이제 그녀는 그의 청혼을 승낙할 마음으로 가득하다는 것을 다아시가 안다면, 그는 자못 성취감을 만끽할 수 있었으리라. 다아시는 엘리자베스가 아는 남자 가운데 가장 너그러운 사람이었지만, 그도 인간이기 때문에 의기양양한 기분은 들었을 것이다.

엘리자베스는 이제야 다아시의 성품과 재능이 자신과 가장 잘 어울린다고 생각했다. 설령 그의 지력과 인성이 자신과 맞지 않는다고 하더라도 다아시는 그녀의 기대를 충족시키기에 충분한 사람이었다. 그녀의 여유롭고 쾌활한 태도로 다아시는 보다 온화해질 것이고, 그가 가지고 있는 판단력과 지식, 식견 등은 엘리자베스에게 크나큰 득이 될 것이었다. 이렇듯 둘의 결합은 분명 서로에게 상보적인 도움이 될 수 있었다.

하지만 지금으로서는 진정으로 행복한 결혼이 무엇인지 사람들에게 가르쳐 줄 수 없게 되었다. 머지않아 가족 중 한 명이 그것과 전혀 상반되는 결혼을 치르기 때문이다.

엘리자베스는 위컴과 리디아가 남의 도움을 받지 않으며 살아갈 수 있을지 의문이었다. 다만 감정에 휘둘려 결합한 부부이기 때문에 그들이 영원한 행복을 누리지 못할 것이라는 추측은 충분히 할 수 있었다.

가디너 씨는 베넷 씨에게 다시 소식을 전했다. 그는 가족의 안부를 묻고 베넷 씨의 인사에 간단히 답한 뒤, 이제 이 이야기는 앞으로 두 번 다시 거론하지 말아 달라고 부탁했다. 그가 편지를 보낸 이유는 위컴이 민병대를 그만두기로 했다는 것을 알리기 위해서였다. 그는 이런 말을 덧붙였다.

저는 두 사람의 결혼이 확정되는 대로 위컴 씨가 민병대를 그만두기를 바랐습니다. 그것이 그뿐만 아니라 조카를 위해서도 바람직하다고 여겼거든요. 매형도 제 생각과 같으시리라 생각합니다. 위컴 씨는 정규군으로 입대하고자 하는데, 그의 말에 따르면 육군에서 자신을 도와줄 친구가 몇 명 있는 모양이었습니다. 그래서 현재 북부 쪽에 주둔하는 어느 부대에 가서 보직을 얻을 듯합니다. 주둔지가 이곳과 상당히 떨어져 있는 것도 여러모로 좋을 듯하고요. 다른 사람들에게 체면을 차릴 정도가 되려면 그가 조금 더 신중하게 행동하리라 생각합니다. 이 점은 그가 저에게 흔쾌히 약속했습니다. 또한 포스터 대령에게도 이 사실을 알리고, 위컴 씨의 여러 채권자에게도 제가 신속한 청산을 보증하겠다며 편지를 보내기도 했습니다. 그러니 매형께서도 채권자들에게 이를 보증한다는 연락을 주셨으면 좋겠습니다. 채권자 명단은 위컴 씨를 통해 알아본 뒤 추가로 보내 드리겠습니다. 위컴 씨는 이제 자기 빚을 상세히 알렸는데, 이것마저도 속이는 일이 없기를 바랄 뿐입니다. 해거스톤 변호사에게도 이를 일러두었으니 아마 1주일 안에 모든 일이 매듭지어질 것입니다. 그렇다면 두 사람은 롱본에 초대되지 않는 한, 해당 주둔지로 가게 되겠지요. 다만 제 아내 말로는 리디아가 가족들을 너무나 보고 싶어 한다더군요. 리디아는 별 탈 없이 잘 생활하고 있으며, 부모님께 안부를 묻는 말을 전해 왔습니다. 그럼 이만 줄이겠습니다.

에드워드 가디너 드림

베넷 씨와 딸들은 위컴이 부대에서 나오는 것이 어느 면으로 보나 낫다는 사실을 잘 알고 있었지만, 베넷 부인만은 이를 별로 기꺼워하지 않았다. 그녀는 두 사람을 하트퍼드셔에서 살게 하고 싶어 했기 때문이다. 그래서 그녀는 주둔지 때문에 그들이 북쪽으로 가야 한다는 사실이 너무나 속상했다. 더구나 리디아가 아는 사람이 아무도 없는 곳으로 떠나야 한다는 것에 몹시 안타까워했다.

"그 애는 포스터 부인을 제일 따랐는데. 아마 부인도 리디아가 먼 곳으로 갔다는 사실을 알면 매우 놀랄 거야. 그 애가 호의를 보인 청년들도 더러 있었는데 말이야. 북쪽에 있는 그 부대에는 재미없는 사람들만 바글바글할지도 몰라."

베넷 씨는 리디아가 집에 오고 싶어 하는 바람을 매몰차게 거절했다. 하지만 제인과 엘리자베스는 동생의 장래와 앞으로의 감정을 위해서라도 최소한 결혼 전에 인사는 드리도록 해야 하지 않겠냐고 아버지를 지속해서 설득했다. 결국 베넷 씨는 마음을 돌렸다. 베넷 부인은 이웃 사람들에게 결혼 전 딸의 모습을 보여 줄 수 있게 되어서 흡족해했다. 베넷 씨는 처남에게 두 사람이 집에 와도 좋다는 내용의 편지를 보냈다. 두 사람은 결혼식이 끝나는 대로 방문하기로 약속을 잡았다. 엘리자베스는 위컴이 방문을 수락했다는 것에 놀랐다. 그녀는 무엇보다도 그를 다시 만나고 싶지 않았기 때문이다.

9

리디아의 결혼식 날이 되었다. 위컴과 리디아는 결혼식을 마친 뒤 식사하러 롱본에 오기로 했다. 제인과 엘리자베스는 동생보다 더 감회에 젖을 수밖에 없었다. 특히 제인은 두 사람의 방문을 두려워하기도 했다. 리디아가 도착 이후 겪을 여러 고통을 생각하니 너무나 안쓰러웠기 때문이다.

가족들은 약속한 시각이 되자 식당에서 그들을 맞이하기 위해 모였다. 마차가 집 앞에 도착하자, 베넷 부인은 연신 웃음을 감출 줄 몰랐다. 하지만 베넷 씨는 감정을 예측하지 못할 정도로 진지한 표정이었고, 딸들은 긴장된 모습을 보였다.

이내 리디아의 소리가 현관에서 들리고, 그녀가 문을 활짝 열며 방 안으로 뛰어 들어왔다. 베넷 부인은 딸을 껴안으며 뜨겁게 맞아 주었다. 그러고는 뒤에 따라 들어오던 위컴에게도 환한 미소를 보이며 선뜻 축하의 인사를 건넸다.

이후 위컴 부부는 베넷 씨에게 인사했지만, 그는 베넷 부인처럼 따뜻하게 인사를 받지는 않았다. 얼굴은 차갑게 굳어 있었고, 거의 말도 하지 않았다. 그는 아무 일이 없었다는 듯 뻔뻔스럽게 구는 두 사람의 작태 때문에 단단히 화난 것이었다. 그 모습에 제인과 엘리자베스 또한 놀라지 않을 수 없었다. 리디아는 여전히 자신의 잘못을 모르는 것처럼 뻔뻔한 데다 시끄러웠으며, 언니들에게 축하의 말을 건네 달라며 제멋대로 돌아다녔다. 그러다가 모두 식탁에 앉자 방 안을 열심히 둘러보더니, 방의 변화를 찾아내고는 깔깔 웃으며 이 방에 온 지도 참 오래되었다고 덧붙였다.

위컴 또한 당황스러워하는 기색을 찾아볼 수 없었다. 하지만 그 특유의 미소와 언변은 여전했다. 두 사람의 결혼이 합당했다면 그런 태도는 모두를 즐겁게 해 줄 수 있었을 것이다. 엘리자베스조차도 위컴이 이렇게나 뻔뻔하게 사람을 대하는 것이 믿어지지 않을 정도였다. 그녀는 이제 이토록 경솔한 인간에게 어떤 도덕적인 기대도 하지 않기로 했다. 엘리자베스와 제인은 붉으락푸르락하는 얼굴을 감출 수 없었지만, 정작 이 사건의 주동자들은 낯빛 하나 변하지 않는 듯했다.

베넷 부인과 리디아는 쉴 새 없이 이야기를 주고받았다.

위컴은 엘리자베스 옆에 앉아 유쾌한 태도로 지인의 안부를 물었지만, 그녀는 전혀 유쾌하게 대답할 기분이 아니었다. 그들은 이제 세상에서 가장 아름다운 기억만을 가지고 있는 것처럼 보였고, 과거의 일을 괴롭게 여기지도 않는 듯했다. 게다가 리디아는 언니들이 굳이 언급하고 싶지 않았던 문제를 굳이 들추어내기도 했다.

"생각해 봐! 내가 집을 떠난 지 3개월이나 됐잖아. 그런데 정작 나는 보름 정도밖에 안 지난 것 같아. 그동안 많은 일이 있었는데도 말이야. 나는 결혼해서 집에 돌아올 것이라는 일말의 기대도 하지 않았어. 물론 그렇게 된다면 좋겠다고 생각하긴 했지만."

그 말을 들은 베넷 씨는 눈을 치켜떴다. 제인은 안절부절못했고, 엘리자베스는 리디아에게 정색하는 눈빛을 보냈다. 하지만 그녀는 원체 제멋대로 행동하는지라 이에 굴하지 않고 이야기를 이어 나갔다.

"참, 엄마! 이웃들이 제가 오늘 결혼한 것을 알고 있나요? 혹여나 모르면 어쩌나 했지요. 마차를 타고 오는 길에 윌리엄 굴딩이 탄 이륜마차를 우연히 앞질러 가게 되었어요. 그래서 저는 제 결혼을 알려 주어야겠다고 생각하고는 그가 제 옆에 다다랐을 때 장갑을 벗어서 손을 창밖에 내놓았지요. 반지를 보여 주려고요. 그러고는 인사하고 웃어 주었지요."

엘리자베스는 그 꼴을 더는 보고 있을 수 없어서 벌떡 일어나 방으로 들어가 버렸다. 그리고 가족들이 식당으로 향하는 소리를 듣고 나서야 다시 자리를 함께했다. 그때 리디아는 어머니의 옆자리로 다가가더니 제인에게 보란 듯이 말했다.

"제인 언니! 이제 내가 언니 자리에 앉아야겠지? 언니는 아랫자리로 내려가고 말이야. 왜냐하면 나는 이제 결혼한 여성이잖아!"

처음부터 제멋대로 굴던 리디아는 시간이 지날수록 더 경망스럽게 행동했다. 그녀는 이제 필립스 부인과 루카스 집안의 사람들, 그리고 이웃 모두에게 '위컴 부인'이라는 칭호를 듣고 싶어 했다. 그녀는 식사를 마치자마자 하인들에게 다가가 자신의 결혼반지를 뽐내기도 했다. 모두가 식당으로 돌아오자, 그녀는 이렇게 말했다.

"엄마, 내 남편 어떤 것 같아요? 너무 매력이 넘치지 않아요? 언니들은 분명히 날 부러워할 거예요. 언니들이 내 반만큼이라도 운을 타고났으면 해요. 언니들도 모두 남편을 잡기 좋은 브라이턴으로 갔어야 했는데! 우리는 지난여름에 왜 그곳으로 가지 않았을까요? 정말 유감이에요."

"암, 네 뜻대로 했으면 참 좋았을 거야. 그런데 리디아야,

나는 네가 멀리 떨어진 곳으로 가는 게 너무 싫구나. 정말 그곳으로 가야만 하니?"

"아유, 뭐 심각한 일도 아닌데요. 난 괜찮아요. 우리 가족 모두 우리를 보러 놀러 오세요. 우리는 이번 겨울에 뉴캐슬에 가 있을 거예요. 그곳에서도 무도회가 많이 열릴 테니 내가 언니들 모두 좋은 남편감을 찾을 수 있게 해 줄게요."

"정말 좋은 일이구나!" 하고 베넷 부인이 말했다.

"그렇다면 엄마는 집에 갈 때 언니들을 놓고 가도 되겠다. 내가 겨울이 끝나기 전에 좋은 남자를 구해 줄 테니까."

그러자 엘리자베스는 이렇게 쏘아붙였다.

"나까지 생각해 주니 참으로 고맙다만, 나는 네 방식대로 남편 구하는 건 딱 질색이야."

위컴과 리디아는 롱본에 열흘밖에 머무르지 못했다. 위컴은 런던을 떠나기 전에 임명을 받아 보름 뒤에 부대로 들어가야 했기 때문이다.

하지만 그들의 짧은 체류 기간을 아쉬워하는 사람은 베넷 부인뿐이었다. 그녀는 그동안 리디아와 이웃집을 방문하거나 매일 집에서 파티를 열었다. 모두가 이 파티를 만족스럽게 여겼다. 생각이 없는 사람들보다 생각이 있는 제인과 엘리자베스는 가족끼리 있는 것을 피하고자 했던 것이다.

엘리자베스가 예상한 대로 리디아가 훨씬 더 위컴을 사랑하는 듯했다. 그들이 야반도주한 것은 위컴보다 그녀의 사랑 때문에 감행되었다는 것을 의심할 여지가 없었다. 더구나 위컴은 도피할 구실이 충분했고, 그로서는 같이 떠날 사람을 굳이 마다할 이유도 없었을 것이다. 이런 사실을 몰랐더라면 엘리자베스는 그들이 왜 간밤에 도망쳐 나왔는지 전혀 이해할 수 없었을 것이다.

리디아는 위컴이 너무 좋아서 미칠 지경이었다. 그녀는 '내 사랑 위컴'이라는 말을 지겹도록 반복했다. 어떤 경우에도 그는 사랑스러운 존재였고, 무엇이든 잘 해내는 사람이었고, 수렵 철에는 그 누구보다 많은 새를 잡으리라고 확신했다.

그러던 어느 날, 리디아는 두 언니와 함께 앉아 있다가 엘리자베스에게 말을 건넸다.

"리지 언니, 내가 언니한테는 결혼식 이야기를 하지 않은 것 같아. 맞지? 내가 그 얘기를 할 때 마침 언니가 없었거든. 어떻게 됐는지 알고 싶지?"

"전혀. 그 얘기는 꺼내지도 마." 하고 엘리자베스가 대답했다.

"진짜? 참 이상한 일이네! 하지만 난 꼭 말해 주어야겠는 걸. 언니도 알다시피 우리는 세인트 클레멘트 교회에서 결혼했지. 그이가 머무는 곳이 그 근처에 있었거든. 우리는 열한 시까지 그곳에 가기로 되어 있었지. 일단 외삼촌, 외숙모와 내가 함께 이동하고, 다른 사람들은 교회에서 만나기로 했었어. 그런데 토요일 아침이 되니까 문득 결혼식이 연기되는 건 아닌지 별의별 걱정이 다 들더라고. 정말 그랬다면 난 미치고 팔짝 뛰었을 거야! 게다가 외숙모는 내가 옷을 입는 동안 아주 따분한 훈계를 늘어놓으시더라고. 정말 한마디도 귀담아듣지 않았지. 왜겠어? 당연히 나는 내 사랑 위컴만을 생각하고 있었거든. 그이가 혹시 푸른 연미복을 입고 오는 것은 아닐지 너무나 궁금했으니까. 어쨌든 우리는 여느 날처럼 열 시에 아침을 먹었는데, 그 시간이 너무 길게 느껴졌어. 그런데 그동안 외삼촌과 외숙모의 행동은 정말 마음에 들지 않았어. 보름 동안 문밖으로는 한 발짝도 벗어날 수 없었다니까. 파티도 열지 않고, 다른 계획도 일절 없었지. 당시 런던이 조금 한산하기는 했지만, 그래도 소극장 구경 정도는 갈 수 있었을 텐데. 아무튼 그날 식장에 가기 위해 마차가 오는데, 그때 해거스톤인지 뭔지 아무튼 꼴도 보기 싫은 사람이 외삼촌을 부르더니 너무 길게 이야기하는 거야. 정말 끊임없이 이야기를 주고받더라니까. 제시간에 식장에 가지 못하면 정말 낭패잖

아. 나도 어떻게 해야 할지 몰랐어. 다행히 10분 뒤에 외삼촌이 돌아와서 우리는 식장으로 향했지. 그런데 지금 생각해 보니 만일 그때 외삼촌이 참석하지 못하게 됐더라도 굳이 결혼식을 미룰 필요는 없었어. 다아시 씨가 대신 해 주면 됐으니 말이야."

"뭐? 다아시 씨라고?"

너무 놀란 엘리자베스가 소리쳤다.

"맞아! 다아시 씨가 그이와 같이 식장으로 오게 되어 있었잖아. 아, 참! 내 정신 좀 봐. 이 얘기는 비밀로 하기로 약속했었는데! 아, 그이가 이제 뭐라고 할까? 정말 비밀이었는데!"

"그게 비밀이었다면 이제는 굳이 말하지 마. 우리도 더는 캐묻지 않을게." 하고 제인이 말했다.

엘리자베스는 궁금증을 감추지 못하면서도 리디아를 생각해서 이렇게 말했다.

"그럼, 그래야지. 우리는 물어보지 않을 거야."

"고마워. 언니들이 자꾸 캐물으면 나는 사실을 말할 수밖에 없을 테고, 그렇게 되면 그이도 성을 내겠지."

엘리자베스는 묻고 싶은 것을 참기 위해 그 자리를 떠나 버렸다.

하지만 이 문제를 도외시할 수도 없는 노릇이었다. 또한 알아보지 않는다는 것 역시 어려운 일이었다.

'다아시 씨가 리디아의 결혼식에 왔었다고? 자신과 아무 상관도 없고, 가고 싶은 마음이 조금도 생기지 않았을 그곳에서 서 있었다니!'

엘리자베스는 여러 추측을 해 보았지만, 만족스러운 대답을 얻을 수 없었다. 그 가운데 그녀의 마음에 가장 들었던 것은 그의 행동을 고결하게 바라보는 것이었다. 하지만 이것은 가장 현실성이 떨어졌다. 결국 엘리자베스는 궁금증을 참을 수 없어서 외숙모에게 짧게 편지를 썼다. 비밀을 지키기로 한 약속을 벗어나지 않는 범위 내에서 리디아가 얼핏 이야기한 부분에 대해서 가능한 것은 모두 알려 달라고 부탁하는 내용이었다. 그녀는 다음과 같이 덧붙였다.

외숙모, 우리와 아무런 관계도 없는 다아시 씨가 결혼식에 무슨 이유로 참석했는지 알려 주실 수 있을까요? 너무나 궁금해요. 제가 그 사실을 알 수 있도록 바로 답장을 보내 주세요. 리디아의 말처럼 꼭 비밀로 해야 하는 일이라면, 저는 이를 더는 언급하지 않도록 노력하겠습니다.

엘리자베스는 편지를 다 쓴 뒤 혼잣말로 이렇게 말했다.

"아니야, 난 꼭 사실을 알아내야겠어. 외숙모가 말씀해 주지 않으신다면 나는 무슨 수를 써서라도 반드시 밝혀내고 말 거야."

제인은 체면을 중요하게 여기는 성품이어서 리디아가 발설한 이야기에 대해 더는 동생과 이야기를 나누고 싶어 하지 않았다. 하지만 엘리자베스는 오히려 그것이 더 좋았다. 만족스러운 회신을 얻기 전까지는 차라리 누구에게도 이야기를 털어놓지 않는 것이 낫다고 생각했기 때문이다.

10

엘리자베스는 기대하던 답신을 빨리 받게 되어서 무척 흡족했다. 그녀는 편지를 받자마자 아무도 오지 않을 듯한 작은 숲의 벤치로 가서 자리에 앉았다. 편지의 길이만 봐도 외숙모는 분명 그녀가 원하는 정보를 준 것 같았기 때문이다.

사랑하는 조카에게

방금 네 편지를 받고는 아침나절 내내 답신을 쓰기로 했어. 간략히 요약할 수 있는 말이 아니니까 말이다. 사실은 너한테 그런 질문이 오리라고는 생각하지 못했어. 하지만 내가 화낸다고 여기지는 마. 나는 네가 그것을 물어볼 필요가 있으리라고 생각하지 못했다는 것뿐이니까. 혹시 날 이해할 수 없다면 내 말을 용서해 주면 좋겠구나. 네 외삼촌도 나만큼이나 놀라고 계서. 그건 네가 이번 일과 연관되어 있을 것으로 생각했기 때문이니까. 하지만 네가 정말로 아무것도 몰랐다면 이제 상세히 이야기해 주어야겠지. 내가 롱본에서 돌아온 날, 네 외삼촌은 뜻밖의 손님을 맞이했어. 다아시 씨가 찾아와서는 서너 시간 정도 그이와 이야기를 나누었나 봐. 내가 도착했을 때는 이미 모든 이야기가 끝난 뒤라 나는 그다지 호기심이 일지는 않았어. 다아시 씨 말로는 자신이 위컴 씨와 리디아가 머무는 곳을 찾아냈고, 두 사람을 만나 대화까지 나누었다는 거야. 위컴 씨하고는 몇 번, 리디아하고는 한 번 정도? 내가 알기로 다아시 씨는 우리가 떠난 바로 다음 날, 그들을 찾으려고 런던에 간 모양이야. 리디아가 위컴 씨의 본성을 알지도 못하고 결혼한 것이 자기 때문이라고 여겨져서 그랬다는구나. 그는 모든 일을 자신의 잘못으로 돌렸어. 예전에는 위컴 씨의 단점을 굳이 다른 사람들에게 떠벌리는 것 자체가 위신이 떨어지는 일로 여겼다는 거야. 위컴 씨의 인간성은 언젠가 자연스럽게 밝혀질 것으로 생각했나 봐. 그래서 다아시 씨는 자신이 이 일을 수습하는 것이 당연하다고 생각했어. 그에게 다른 이유가 있었다고 하더라도 그것이 그의 체면을 깎지는 않았을 거야. 그는 런던에 온 지 얼마 안 되어서 그들을 찾았는데, 뚜렷한 단서가 있는 듯했어. 이 때문에 우리 뒤를 쫓아서 런던으로 오기로 했나 봐. 예전에 다아시 양의 가정 교사였던 영 부인이 불미스러운 일로 해고를 당한 적이 있었대. 그 후 그녀는 에드워드 가에 큰 저택을 사서 하숙생을 두며 생계를 꾸렸나 봐. 다아시 씨는 그녀가 평소에 위컴 씨와 절친하게 지낸다는 것을 알았기 때문에 런던에 오자마자 단서를 얻을 요량으로 그녀를 만나러 갔어. 그렇지만 사흘 남짓이 지나서야 정보를 얻을 수 있었나 봐. 그런데 영 부인이 자기가 아는 사실을 말하지 않으려고 해서 혹시 돈으로 매수라도 하지 않았나 싶었어. 그 여인은 위컴 씨를 어디에서 만날 수 있는지 확실하게 알고 있었으니까. 사실 위컴 씨는 런던에 도착하자마자 영 부인한테 갔었대. 그녀가 두 사람을 받아 주었더라면 그들은 그곳에 눌러앉았을 수도 있었지. 어쨌든 다아시 씨는 그들의 주거지를 찾을 수 있었어. 그는 먼저 위컴 씨를 만났고, 이후에 리디아를 만나고 싶어 했지. 그분 말에 의하면 우선 리디아를 설득해서 집으로 돌려보내려는 것이 목적이었다는구나. 또한 리디아가 그렇게 할 수 있도록 최선을 다해 도와주겠다고 말했대. 하지만 리디아는 꿈쩍도 하지 않았다고 하더구나. 리디아는 다아시 씨는 물론이거니와 친척과 지인의 도움도 받고 싶지 않고, 더구나 위컴 씨와 헤어지는 것은 생각도 해 보지 않았대. 리디아는 분명 위컴 씨와 결혼할 것이고, 그 시기가 언제인지는 크게 문제가 될 게 없다고 말했다는구나. 그래서 다아시 씨는 그 애의 생각을 확인하고 최대한 빨리 결혼할 수 있도록 도와줘야겠다고 생각했대. 하지만 다아시 씨는 위컴 씨와 대화하면서 그는 조금도 결혼할 생각이 없다는 것을 쉽게 알아챘다는 거야. 위컴 씨는 자신에게 너무 많은 빚 독촉이 와서 부대를 떠날 수밖에 없었다고 이야기했대. 그러면서 리디아가 야반도주하며 감당해야 할 것들은 모두 그 애의 어리석음 때문에 일어난 것이라고 당당하게 이야기하더라는 거야. 위컴 씨는 당장이라도 장교직을 그만두고 싶어 했지만, 그렇다고 미래에 대해서 크게 고민하지도 않는 듯했대. 어디론가 도망쳐야 했지만 어느 곳으로 떠나야 할지 알 수 없었고, 생계를 이어 갈 만한 요소가 없다는 것 또한 스스로 알고 있었지. 그러자 다아시 씨는 왜 리디아와 결혼하지 않느냐고 물었나 봐. 네 아버지가 그렇게 재산이 많은 것은 아니어도 일정 부분 지원을 해 주실 테니 어느 정도 상황이 나아질 거라고 말했대. 하지만 위컴 씨는 다른 곳에서 자리를 잡아 재산을 부풀려 보려는 희망을 여전히 가지고 있었나 봐. 하지만 보다 빠르고 현실적으로 곤궁에서 벗어날 수 있는 다아시 씨의 제안에 마음이 움직였던 것이지. 두 사람은 수차례 만나 이야기를 나누었대. 위컴 씨는 터무니없이 많은 재산을 바랐지만, 적당한 선에서 합의할 수 있었지. 다아시 씨가 일을 해결한 후 네 외삼촌께 이를 알렸고, 내가 집으로 돌아가기 전날 밤에 우리 집에 찾아왔단다. 하지만 그날에는 외삼촌이 안 계셨지. 네 아버지가 런던에서 외삼촌과 계셨으니까 말이야. 다아시 씨는 머지않아 이 사실을 알게 되었고, 네 아버지가 다음 날 아침이면 런던을 떠난다는 것도 알게 되었지. 다아시 씨는 네 아버지가 이런 일을 의논할 상대가 아니라고 판단한 것 같아. 그래서 네 아버지가 떠난 이후에 외삼촌을 만나기로 한 것이지. 그분은 이름도 남기지 않고 가 버려서 우리는 어떤 신사가 사업 문제로 방문한 것으로만 알고 있었어. 다아시 씨는 토요일에 다시 방문해서 외삼촌과 계속 이야기를 나누었단다. 그분은 일요일에도 방문했는데, 그때는 나도 그를 만날 수 있었지. 월요일이 되어서야 모든 것이 결정되었단다. 나는 그 길로 롱본으로 속달 우편을 보냈지. 하지만 다아시 씨는 정말 고집이 센 사람이었어. 내 생각으로는 이러한 성향이 그의 결점인 것 같아. 다아시 씨가 여러 결점으로 알려지긴 했지만, 그것은 정말 치명적이었어. 꼭 이 일에 자신이 참여해야 한다고 아집을 부리더구나. 네 외삼촌도 다아시 씨가 양보했더라면 주도적으로 일을 처리했을 거야. 이 문제 때문에 두 사람은 오랜 시간 설전을 벌였어. 우리가 그들을 위해서 이렇게까지 해야 하나 싶을 정도였다니까. 어쨌든 결국 네 외삼촌께서 양보해서 겉으로만 조카를 위해 최선을 다하는 모양새가 되었던 거야. 외삼촌으로서는 너무 안타깝고 성향에 어긋나는 일이었지. 그래서 외삼촌은 네 편지를 너무나 기쁘게 여기셨어. 정말로 칭찬받아야 할 사람을 알려주게 되었으니 말이야. 하지만 리지야, 이 얘기는 꼭 너만 알도록 해라. 제인한테까지는 괜찮겠지만, 다른 사람은 안 돼. 이제 다아시 씨가 그들을 위해 어떤 지원을 해 줬는지는 잘 알 거야. 1천 파운드가 넘는 위컴 씨의 빚을 갚아 주고, 리디아가 받는 재산에다가 1천 파운드를 더 지원해 준 데다가 위컴 씨의 장교직까지 사 주었단다. 왜 이런 일을 다아시 씨가 앞장서서 했는지는 상술했던 그대로야. 사람들이 위컴 씨를 제대로 파악하지 못했고, 그가 결국 지금의 입지를 갖게 된 것도 결국 자신 때문이라는 거야. 물론 이것만이 우리가 아는 사실의 전부는 아닐 거야. 다아시 씨가 이렇게 많은 돈을 지원해 준 이유가 정말 그뿐인지 의심스러워. 하지만 리지야, 이 일로 말미암아 다아시 씨가 다른 이익을 얻을 수 있다고 우리가 믿지 않았다면, 네 외삼촌도 절대 물러서지 않았을 것이라는 사실도 알아주기를 바란다. 그 후에 다아시 씨는 펨벌리에 있는 친구들에게로 갔다가 결혼식이 치러질 때 다시 런던에 와서 자금 문제를 모두 매듭짓기로 했어. 지금까지 내가 알고 있는 이야기는 모두 털어놓았구나. 너무나 놀랐겠지만 기분이 상하지는 않았으면 해. 리디아는 우리집으로 왔고, 위컴 씨는 언제든지 찾아올 수 있도록 허락해 주었단다. 위컴 씨는 내가 하트퍼드셔에서 보았던 그대로 행동했지만, 리디아의 행동은 정말 마음에 드는 구석이 하나도 없었어. 그 애의 본성이 그렇다는 것을 제인의 편지로 알았으니 더는 놀라지 않겠지만 말이다. 나는 리디아한테 자신이 저지른 잘못이 얼마나 큰 것인지 이해시키기 위해 꽤 노력했어. 하지만 그 애는 내 말을 조금도 귀담아듣지 않더구나. 몇 번씩이나 속이 끓어올랐지만, 너와 제인을 생각해서 꾹 참았다. 다아시 씨는 결혼식 날에 약속대로 와 주었고, 리디아가 발설했던 것처럼 결혼식에 참석했지. 다음 날 우리는 함께 식사했고, 그는 수요일인가 목요일 정도에 런던을 다시 떠났어. 리지야, 내가 이번 일로 다아시 씨에게 호의적인 마음을 가지게 되었다면 나에게 화낼 거니? 그분은 우리에게 더비셔 때 못지않게 더없이 상냥하게 대했어. 그분의 상황 판단력과 생각들은 꽤 훌륭한 것 같아. 단지 조금 활기차지 않은 것이 문제인데, 그 점은 좋은 배필을 만난다면 해결될 수도 있지. 나는 그분이 조금 능청스러워 보였어. 네 이름은 단 한 번도 언급하지 않더구나. 요즘은 능청스러운 것도 유행인 건가? 내가 너무 오지랖을 부렸다면 이해해 주렴. 아니면 최소한 나를 펨벌리에서 쫓아내진 말아 줘. 나는 그 장원을 모두 둘러보기 전까지는 섣불리 행복하다고 말할 수 없을 거야. 예쁜 망아지들이 이끄는 아담한 마차로 구경할 수 있다면 너무 좋겠지. 아이들이 30분이나 나를 찾는구나. 이제 그만 줄여야겠다.

그레이스처치 가에서

9월 6일

외숙모가

엘리자베스는 편지를 읽고 설레는 마음을 감출 수 없었지만, 즐거움과 괴로운 감정도 동시에 일었다. 다아시가 동생의 결혼을 추진하기 위해 도움을 주었으리라고는 짐작했지만, 이렇게나 큰 호의를 베풀 줄은 몰랐다. 그는 런던까지 직접 가서 두 사람을 찾아냈고, 모든 수고와 굴욕을 감내한 것이다. 자신이 분명 경멸하던 여자에게 자존심을 무너뜨리며 부탁했을 것이고, 입에 올리기도 싫은 남자를 몇 번씩이나 만나 결국 그를 설득하고 일을 해결한 것이다. 다아시는 전혀 호감도 느끼지 않고 존중할 수도 없는 소녀를 위해 이 모든 일을 감수했다. 하지만 엘리자베스의 마음은 이렇게 말하고 있었다. 다아시는 분명 자신 때문에 이런 일을 기꺼이 했다고 말이다. 하지만 다아시가 자신과 결혼한다면 그가 그토록 혐오하는 위컴과 인척 관계가 되므로 엘리자베스의 생각은 이내 꺾이고 말았다. 위컴과 다아시가 동서가 된다고? 다아시의 자존심이 이를 허락할 리가 없었다. 그럼에도 다아시는 일을 해결했다. 엘리자베스는 다아시가 해결한 큰일을 생각하니 문득 부끄러운 마음이 들었다. 일단 다아시가 말한 대로 그가 이번 일에 개입한 이유는 전적으로 자신이 느끼고 있는 잘못을 해결하기 위함이었다. 또한 그가 그렇게 느낀 이유도 어쩌면 합당했다. 그녀는 다아시가 그렇게 행동한 이유가 자신 때문이라고 생각하기는 싫었지만, 다아시가 그녀에게 품은 미련이 이번 일을 하게 한 동기가 되었을지도 모른다는 생각을 지울 수 없었다. 그녀는 은혜를 보답할 수 없는 사람에게 도움을 받았다는 사실이 고통스러웠다. 리디아를 되찾고 그녀의 명예를 사수할 수 있었던 데는 다아시의 도움이 컸다. 이를 깨닫자 그녀는 그에게 품었던 악의 섞인 감정과 단단히 쏘아붙였던 말들을 모두 뼈저리게 후회했다. 또한 그가 자기 생각을 실현하기 위해 자신을 절제하고 이겨 냈다는 사실이 자랑스러웠다. 엘리자베스는 편지 후반부에서 외숙모가 그를 칭찬한 내용을 몇 번씩이나 다시 읽어 보았다. 그 구절만으로 흡족할 수는 없었지만, 그래도 기뻤다. 외삼촌 부부는 다아시와 자신의 관계에 대해 여전히 애정과 신뢰가 남아 있다고 판단한 것 같았다. 그녀는 그것이 유감스러우면서도 기쁘게 느껴졌다.

그때 누군가 다가오는 소리가 들렸다. 그제야 그녀는 잡념을 끝내고 자리에서 일어났다. 그녀가 작은 길로 들어서려던 찰나에 위컴이 가까이 다가와 말했다.

"처형, 혼자 산책하시는데 제가 방해한 건 아닌가요?"

"정확하시네요. 하지만 그렇다고 환대하지 않겠다는 건 아니에요." 하고 그녀는 미소를 보이며 넌지시 말했다.

"그랬다면 너무 죄송해요. 우린 늘 좋은 친구였지요. 물론 지금은 그 이상이고요."

"맞아요. 혹시 다른 분들도 밖에 계시나요?"

"글쎄요. 리디아와 장모님은 마차를 타고 메리턴으로 가실 듯하네요. 그런데 외삼촌 내외분 말씀을 들어 보니, 처형은 펨벌리에 가 보신 적이 있다면서요?"

"네."

"정말 부럽네요. 하지만 저에게는 그것이 과분할 테지요. 그렇지 않다면 저도 뉴캐슬로 가는 길에 그 즐거움을 누릴 수 있었겠지요. 그곳에서 레이놀즈 부인도 보셨겠지요? 그 부인은 저를 참 좋아했어요. 물론 제 이야기를 하진 않았겠지요."

"아니요, 하셨어요."

"음, 뭐라고 하던가요?"

"당신이 군대에 가게 된 것을 걱정하시는 것 같았어요. 하지만 그렇게 먼 거리에 있다 보면 뜬소문이 돌기도 하겠지요."

"음, 그럴 수도 있겠군요." 하고 그는 입술을 앙다물며 말했다.

엘리자베스는 더는 위컴이 말하지 않기를 바랐지만, 그는 곧바로 말을 이었다.

"지난달, 저는 런던에서 우연히 다아시 씨를 만났어요. 몇 번씩이나 마주쳤지요. 대체 런던에서 그 사람이 무슨 할 일이 있었는지 모르겠어요."

"드 버그 양과의 결혼이라도 준비하고 있었나 보지요. 이런 시기에 런던에 간 것은 분명 특별한 이유가 있었을 거예요."

"그랬겠지요. 혹시 램튼에 가셨을 때 다아시 씨를 본 적이 있으신가요? 만나셨다는 이야기를 가디너 내외분한테 들었거든요."

"맞아요. 그분이 자기 여동생도 소개해 주셨어요."

"그랬군요. 그녀는 마음에 들던가요?"

"물론이지요."

"뭐, 그녀가 근래에 나아졌다는 이야기는 들었어요. 사실 저번에 보았을 때는 별로 가망이 없어 보였거든요. 하지만 좋아하신다니 기쁩니다. 저도 그 아이가 잘되었으면 해요."

"잘되겠지요. 가장 버티기 힘든 나이를 지나왔으니까요."

"킴튼 마을은 보셨나요?"

"흠, 기억이 나지 않네요."

"그곳은 제가 마땅히 살았어야 할 곳이었지요! 제가 목사 직을 받기로 되어 있던 곳이었거든요. 정말 훌륭한 곳이었습니다. 목사관도 훌륭했고, 여러 면에서 제게 딱 맞는 장소였지요."

"설교하는 걸 좋아했나요?"

"그럼요. 그것을 저의 의무로 여겼을 정도였지요. 이제 와서 불평해 봐야 다 부질없는 짓이지만, 여하튼 그곳은 저에게 딱 맞았을 거예요. 여유롭고 고즈넉한 생활은 저에게 큰 행복을 선사했을 텐데, 안타깝게 되었지요. 처형이 켄트에 계실 때 다아시 씨가 혹시 그런 이야기를 꺼내던가요?"

"믿을 만한 분한테 듣기로는, 그 자리가 확실히 보장된 것은 아니었다는데요. 후원자의 의사에 달려 있었다고요."

"그래요. 이미 들으셨군요. 기억이 나실지는 모르겠지만, 사실 처음에 제가 그렇게 말씀드렸었지요."

"지금 생각하시는 것과 달리 설교가 잘 맞지 않을 때가 있어서 그 길을 포기했다는 말도 들었어요."

"그런 말을 들었군요. 뭐 아주 허황된 말은 아니에요. 우리가 처음 이 이야기를 꺼냈을 때, 혹시 제가 언급한 걸 기억하실 수도 있겠지만……."

두 사람은 벌써 집 앞에 다다랐다. 엘리자베스가 위컴과의 대화를 피하고 싶어서 빨리 걸었기 때문이다. 그녀는 이제 리디아를 위하는 마음으로 최대한 상냥한 미소를 보이며 이야기를 마무리 지었다.

"위컴 씨, 이제 우리는 한 가족이잖아요! 지난 일 때문에 서로 다투지 않았으면 좋겠어요. 앞으로는 우리 모두 한마음이 되길 바랄게요."

그녀가 손을 내밀자 위컴은 살짝 당황스러워했지만, 이내 다정하게 그녀의 손에 입을 맞추었다. 그리고 두 사람은 집으로 들어섰다.

11

위컴은 엘리자베스와의 대화에 어느 정도 만족했다. 그래서 또다시 이를 언급해서 자신을 난감한 지경에 빠뜨리거나 그녀에게 폐를 끼치고 싶지 않았다. 엘리자베스 또한 그 말로 위컴과의 대화가 멈춘 것에 만족했다.

위컴과 리디아가 떠날 날이 다가왔다. 베넷 부인은 가족 모두가 뉴캐슬에 방문하자는 자신의 제안을 남편이 귓등으로도 듣지 않아서 적어도 1년 넘게는 그들을 만나지 못할 것이라는 슬픔에 잠겼다.

"리디아야, 이제 언제쯤 다시 만날 수 있을까?"

"아이참, 제가 어떻게 알겠어요. 앞으로 2, 3년 안에는 못 만나겠지요."

"자주 편지해야 한다, 애야."

"그래야지요. 하지만 결혼한 여자들은 편지를 쓸 시간이 많지 않다는 건 엄마도 알 거예요. 대신 언니들은 따로 할 일도 없으니 나에게 자주 편지를 써 주겠지."

위컴은 그녀보다 훨씬 다정하게 작별 인사를 건넸다. 그는 미소를 지으며 예의 있게 듣기 좋은 말을 했다. 그들이 떠나자마자 베넷 씨가 말했다.

"정말이지 저렇게 훌륭한 사람은 내 일생에 처음 본 것 같다. 누구한테나 능청맞고 유들유들하게 군단 말이지. 아주 대단한 사람이야. 윌리엄 경도 저렇게 비싼 사위를 구하지는 못하겠지."

베넷 부인은 딸을 떠나보낸 뒤 며칠 동안 무척 우울해했다.

"같이 살던 사람과 헤어지는 것처럼 가슴 아픈 일이 또 어디 있겠니." 하고 그녀는 말했다.

그러자 엘리자베스는 어머니를 달랬다.

"딸을 결혼시킨다는 게 이런 건가 봐요. 그래도 아직 딸이 네 명이나 남아 있잖아요."

"리디아가 결혼한다고 해서 멀리 떠날 아이가 아니니까 그렇지. 어쩌다 남편 부대가 먼 곳으로 배정되어서 따라간 거잖니. 부대가 조금 더 가까웠더라면 이렇게 빨리 떠나지는 않았을 거야."

하지만 베넷 부인의 우울한 기분은 얼마 안 가 모두 해소되었다. 그녀는 그때 떠돌기 시작한 소식 때문에 다시 희망을 품었다. 네더필드의 하인을 통해 빙리가 머지않아 사냥하기 위해 몇 주 동안 이곳에 올 것이라는 이야기를 들었기 때문이다. 베넷 부인은 그 소식을 들은 후 안절부절못했다. 그녀는 제인의 얼굴을 가만히 보다가 웃음을 보이기도 하고, 때로는 머리를 흔들거리기도 했다.

"정말, 드디어 빙리 씨가 내려온다는 거지? 정말 잘됐어. 물론 내가 관심을 기울일 건 아니지만 말이야. 그 사람은 우리와 어떤 관계도 없잖니. 난 그 사람을 다시 만나고 싶지도 않았어. 하지만 뭐 그가 오고 싶어서 오는 걸 막을 이유는 없지. 혹시 어떤 일이라도 생길지 누가 알아? 그것도 우리와는 아무 상관없겠지. 이제 우리는 그 얘기에 대해 일언반구도 하지 않기로 했거든. 그런데 정말 그가 오는 게 분명한 거야?"

그러자 필립스 부인이 말했다.

"틀림없어요. 하인인 니콜스 부인이 지난밤에 메리턴에 왔는데, 그녀가 지나가는 것을 보고 제가 직접 물어봤더니 사실이라고 말해 주더군요. 그분은 수요일, 늦어도 목요일쯤에는 올 거라네요. 또 자기는 수요일에 맞추어 정육점에 고기를 주문하러 가는 길이었다고 했어요. 잡기 좋은 오리를 여섯 마리나 구매했다고 하더라고요."

제인은 그가 온다는 소식을 듣자 얼굴이 달아올랐다. 몇 개월간 그녀는 엘리자베스에게 그의 이름을 언급한 적이 없었다. 하지만 동생과 둘이 있게 되자, 그녀는 이렇게 말했다.

"리지야, 오늘 이모가 빙리 씨 소식을 전해 줄 때 네가 나를 쳐다보더구나. 나도 내가 당황스러워했다는 건 알아. 하지만 다른 생각 때문에 그랬다고는 여기지 말아 줘. 단지 사람들이 나를 주목할 것이라는 생각에 순간적으로 당혹스러웠을 뿐이지. 나는 그분이 오신다는 소식에 아무 영향도 받지 않아. 다만 그분 혼자서 온다는 것이 기쁘긴 하다. 그렇다면 분명 그분을 볼 기회가 줄어들 테니까 말이야. 남들의 이야깃거리에 오르내리는 게 겁날 뿐이지."

엘리자베스는 이 소식을 어떻게 이해해야 할지 감이 오지 않았다. 그녀가 더비셔에서 빙리를 만나지 않았더라면 그가 그저 사냥하기 위해서 왔다고 여길 수도 있었다. 하지만 엘리자베스는 빙리가 여전히 제인을 좋아하고 있다고 여겼다. 그녀가 궁금했던 것은 단지 그가 다아시의 허락을 받고 오는 것인지 아닌지였다. 그녀는 이렇게 생각하기도 했다.

'하지만 그분은 자신이 정당하게 빌린 집에 오는 것뿐이

야. 괜히 다른 억측을 할 이유는 없잖아? 나라도 언니에게 무심한 척 대해야겠어.'

제인은 분명 자신이 아무 영향도 받지 않는다고 확언했고, 또 그 말을 스스로 되새기려고 했다. 하지만 엘리자베스는 언니의 기분이 동요하고 있다는 것을 단번에 알아차렸다. 제인은 평소보다 훨씬 더 불안정한 모습을 보였기 때문이다.

빙리의 도착일이 다가오자, 베넷 씨와 베넷 부인이 1년 전에 격론하던 이야기가 다시 불거져 나왔다.

"여보, 빙리 씨가 오자마자 그 집을 방문할 거지요?"하고 베넷 부인이 물었다.

"전혀. 작년에 당신이 나를 그 집에 억지로 방문하게 하면서 한 얘기를 잊었소? 내가 그 집에 간다면 우리 딸 중 하나가 그와 결혼할 것이라고 당신이 주장했었지. 하지만 아무 일도 일어나지 않았으니 다시는 그런 바보 같은 짓은 하지 않을 거요."

그러자 베넷 부인은 빙리가 네더필드에 돌아온 이상, 이웃 남자로서 마땅히 그 정도의 인사는 해야 하는 것이 아니냐고 말했다.

"난 그런 예절에 너무나 환멸을 느껴. 우리와 교제하고 싶다면 그 사람이 직접 찾아오라고 해요. 그 사람이 우리 집을 모르는 것도 아니잖소. 그를 마중하느라 시간을 헛되이 보내고 싶지는 않아."

"당신이 그 사람을 찾아가지 않는다면 굉장한 무례가 될 거예요. 하지만 그렇다고 해도 나는 빙리 씨를 우리 식사에 초대할 생각이에요. 롱 부인과 굴딩 씨 부부도 부를 거고요. 그러면 우리까지 해서 모두 열세 자리가 될 텐데, 우리 집 식탁에 딱 그 사람 자리 하나만 남겠네요."

베넷 부인은 자기들보다 이웃 사람들이 먼저 빙리를 만날지도 모른다고 생각하니 무척 속이 상했다. 하지만 그녀는 자신이 말한 것을 실행하리라 다짐하며 남편의 무례함을 견뎠다. 얼마 후 빙리가 도착할 날이 되자 제인은 엘리자베스에게 말했다.

"나는 이제 그분이 온다는 게 싫어질 정도야. 뭐 아무 감정 없이 볼 수는 있을 것 같지만……. 하지만 엄마가 그 사람 얘기만 하는 건 너무 못마땅해. 엄마야 좋은 뜻으로 그러시겠지만, 당신의 말 때문에 내가 얼마나 괴로워하는지는 전혀 모르실 거야. 그분이 하루라도 빨리 네더필드를 떠났으면 좋겠어!"

그러자 엘리자베스가 대답했다.

"언니를 무슨 말로 위로해 주어야 할지 모르겠네. 내게는 그럴 능력이 없나 봐. 다른 사람이라면 괴로워도 참으라는 말을 해 줄 텐데. 언니는 그 누구보다도 많이 참아 왔잖아."

마침내 빙리가 도착했다. 베넷 부인은 하인들의 도움으로 그 정보를 누구보다 빨리 알았지만, 더없이 초조하고 불안하기만 했다. 그녀는 초대장을 보내기 위해 얼마나 더 기다려야 할지 생각해 보았다. 그전에는 그를 만나지 못하리라 여겼다. 하지만 빙리가 하트퍼드셔에 온 지 사흘째 되는 아침, 베넷 부인은 자신의 옷 방 창문을 통해 빙리가 말을 타고 자신의 집으로 오는 것을 보았다.

그녀는 이 기쁨을 나누기 위해 큰 소리로 딸들을 불렀다. 제인은 진지하게 식탁에 앉아 있었지만, 엘리자베스는 어머니의 비위를 맞추기 위해 창문 쪽으로 다가갔다. 그녀는 빙리와 동행한 의외의 사람을 보고는 제인 옆에 주저앉아 버렸다.

"엄마, 빙리 씨 옆에 있는 저 남자는 누구일까요?" 하고 불현듯 키티가 끼어들며 물었다.

"뭐, 지인이겠지. 잘은 모르겠다."

"어, 저 사람은 예전에 줄곧 빙리 씨와 같이 다니던 사람 아니에요? 이름이 뭐였지? 그 키 크고 거만한 사람 있었잖아요."

"세상에! 다아시 씨잖아! 맞는 것 같아. 빙리 씨의 친구 자격으로 오는 거라면 모르겠지만, 그게 아니라면 난 저 사람 꼴도 보기 싫었는데 말이야."

그 말을 듣자 제인은 놀라움과 걱정으로 동생을 바라보았다. 제인은 더비셔에서 동생과 다아시가 만났다는 것을 알지 못했기 때문에 두 사람이 편지를 받은 후 처음 만나는 것으로 알았다. 그래서 제인은 두 사람의 만남을 걱정하며 동생을 안쓰러워했다. 두 자매는 무척 당황스러웠다. 둘은 서로를 걱정했고, 물론 자기 자신에 대해서도 걱정해야 했다. 베넷 부인은 다아시가 좋지는 않지만, 빙리의 친구 자격으로 왔기 때문에 최대한 정중하게 대해야겠다고 말했다. 하지만 자매는 그 이야기를 제대로 들을 수 없었다. 엘리자베스는 제인이 생각하지도 못한 불안을 지니고 있었다. 아직 그녀는 가디너 부인의 편지를 언니에게 보여 준다거나, 다아시에 대한 자신의 마음이 바뀌었다는 것을 고백할 용기가 없었던 것이다. 언니의 눈에 다아시는 동생에게 구애했다가 거절을 당했기 때문에 좋게 바라볼 수 없는 사람이었다. 하지만 엘리자베스에게 그는 가족 모두에게 큰 친절을 베푼 사람이었고, 아주 다정하지는 않더라도 어느 정도 관심을 가지고 대해야 할 대상이었다. 이 모든 사실을 알고 있는 그녀로서는 그가 자신을 찾아온 것에 놀라지 않을 수 없었다. 이 놀라움은 그녀가 더비셔에서 그의 변화를 느꼈을 때와 거의 비슷한 수준이었다.

다아시가 왔다는 사실에 당황했던 엘리자베스는 이내 자신에 대한 다아시의 애정이 여전히 굳건했음을 깨달았다. 그러자 그녀는 미소를 지을 수 있었고 다시 생기가 넘쳤다. 하지만 그녀는 더욱 신중하게 생각하려고 노력했다.

'일단 다아시 씨가 어떻게 행동하는지 지켜봐야겠어. 그 이후에 생각해도 늦지 않겠지.'

엘리자베스는 최대한 잡념을 다잡기 위해 뜨개질하다가, 하인이 그들을 맞이하기 위해 현관으로 나가자 걱정스러운 생각에 제인을 바라보았다. 언니는 평소보다 조금 창백해 보였지만, 엘리자베스가 예상했던 것보다는 매우 침착한 듯했다. 이윽고 남자들이 나타나자 제인의 얼굴은 점시 상기되었지만, 그녀는 최대한 동요하지 않으며 그들을 맞아들였다.

엘리자베스는 무례를 범하지 않는 선에서 최대한 말하지 않고 뜨개질에 필요 이상의 정성을 쏟고 있었다. 그러다가 용기를 내어 딱 한 번 다아시를 곁눈질로 바라보았다. 그는 하트퍼드셔에서 본 것처럼 딱딱한 표정이었다. 엘리자베스는 그가 외삼촌 부부를 대할 때처럼 어머니를 편하게 대할 수는 없을 것으로 예상했다.

엘리자베스는 바로 빙리를 살짝 바라보았다. 그 짧은 순간에 그녀는 빙리의 표정에서 즐거움과 당황스러움이 교차하는 것을 볼 수 있었다. 빙리는 베넷 부인에게 아주 귀한 대접을 받았지만, 다아시는 너무 형식적이고 냉담한 인사를 받아서 두 딸은 더욱 부끄러웠다.

엘리자베스는 다아시가 리디아를 불행에서 꺼내 주었다는 것을 알고 있었기 때문에 이러한 푸대접을 보고 있기가 너무 괴로웠다.

다아시는 엘리자베스에게 가디너 씨 부부의 안부를 물었다. 그녀는 당황하면서도 대답을 이어 나갔고, 다아시는 그 이후에 어떤 말도 하지 않았다. 엘리자베스는 그가 자신의 옆자리에 앉지 않아서 침묵을 유지하는 것일 수도 있다고 여겼다. 하지만 더비셔에서는 그렇지 않았다. 그는 그곳에서 자신과 대화하지 않았을 때 가디너 씨 부부와 이야기를 나누곤 했다. 하지만 지금은 몇 분이 지나도록 그의 목소리를 들을 수 없었다. 궁금함을 참지 못한 엘리자베스는 가끔 흘깃 그를 바라보기도 했는데, 그때마다 그는 제인과 자신 중 누구에게 특별히 신경 쓰는 것 같지 않았고, 그저 마룻바닥만 내려다보는 경우도 많았다. 그는 저번에 만났을 때보다 더 많은 잡념에 사로잡힌 듯했고, 사람들과 별로 어울리고 싶어 하는 것 같지도 않았다. 엘리자베스는 낙담하면서 이런 자신에게 화가 치밀었다. 그녀는 이렇게 생각했다.

'어떻게 되기를 바란 내가 바보지! 그렇다면 그는 대체 왜 이곳에 온 거지?'

그녀는 다아시 외에는 누구와도 이야기를 나누고 싶지 않았지만, 선뜻 그에게 말을 건넬 용기도 나지 않았다.

그녀는 다아시 양의 안부를 물은 후에는 어떤 말도 할 수 없었다.

"빙리 씨는 정말 오랜만이네요." 하고 베넷 부인이 말했다.

"네, 맞습니다."

"혹여나 다시 돌아오시지 않는 건 아닐까 걱정했어요. 이웃들은 당신이 미카엘 축일에 이곳을 완전히 떠날 것이라고 하더군요. 하지만 저는 사실이 아니기를 빌어요. 당신이 떠난 뒤에 이곳에서는 많은 변화가 있었어요. 루카스 양이 결혼해서 가정을 꾸리게 되었고, 내 딸아이 하나도 결혼했지요. 아마 신문에서 보셨을 수도 있겠네요. 〈타임스〉와 〈쿠리어〉에 실렸으니까 말이에요. 뭐 상세히 나온 것은 아니지만 '조지 위컴 씨와 리디아 베넷 양이 최근 화촉을 올렸다.' 정도로만 나왔지요. 아버지가 어떤 사람이고 어디에 사는지에 대해서는 한마디도 나오지 않았어요. 그 기사는 동생인 가디너가 쓴 건데, 왜 일을 그렇게 했는지 모르겠네요. 혹시 보셨나요?"

빙리는 읽었다고 대답하고는 축하의 말을 건넸다. 그때 엘리자베스는 눈도 들 수 없었기 때문에 다아시가 어떤 표정을 지었는지 확인할 수 없었다.

"딸을 좋은 곳으로 시집보내는 건 너무나 뿌듯한 일이에요. 하지만 빙리 씨, 우리 딸이 멀리 떨어져서 산다는 걸 생각하니 너무 가슴이 아파요. 그들은 북쪽 끄트머리에 있는 뉴캐슬에 머물게 되었는데, 거기서 얼마나 오래 살게 될지는 모르겠어요. 사위의 부대가 그쪽에 있거든요. 우리 사위가 정규군으로 들어갔다는 건 익히 아시지요? 정말 다행이에요. 친구 몇 명이 도와준 모양이에요. 뭐 그 사람 성품을 본다면 당연한 일이겠지요."

엘리자베스는 그것을 도와준 사람이 다아시라는 것을 알았기 때문에 더는 자리에 앉아 있기 힘들 정도로 수치스러웠다. 하지만 점점 상황이 이렇게 되자, 그녀는 무슨 말이라도 해야 할 것 같았다. 그녀는 빙리에게 이곳에 얼마나 더 머물 것인지를 물었고, 빙리는 몇 주 정도는 있을 거라고 대답했다.

그러자 베넷 부인이 또다시 말했다.

"빙리 씨, 네더필드에 있는 새를 다 쏘고 나면 우리 남편 장원에서 마음껏 사냥하세요. 남편도 물론 기꺼이 도와주시겠지요. 당신을 위해서 제일 좋은 새들을 남겨 두실 테니까요."

이렇게 어머니가 쓸데없고 막연하기만 한 친절을 베푸는 것을 본 엘리자베스는 더욱더 비참함을 느꼈다. 불과 1년 전, 그들의 마음을 들뜨게 했던 비슷한 상황이 일어나더라도 아마 모든 것이 전처럼 비극적인 결말로 끝날 것이라는 생각이 절로 들었다. 엘리자베스는 설령 여러 해 동안 행복한 감정을 느낀다고 하더라도, 지금 느끼는 치욕보다 크지는 못하리라고 생각했다. 또한 그녀는 이렇게 생각했다.

'이제 나는 정녕 두 사람과도 만나지 않았으면 좋겠어. 이런 사람들을 만나 봐야 지금의 비참한 심정을 보상받을 정도로 즐겁지는 못할 거야. 누가 됐든 다시는 보지 말기를!'

하지만 그녀의 이런 생각은 빙리가 제인에게 애정을 보이려 하자 눈 녹듯이 사라지고 말았다. 처음 왔을 때는 제인과 거의 대화를 나누지 않던 빙리는 점차 시간이 흐르면서 보다 깊은 관심을 가지는 듯했다. 그는 제인이 여전히 아름다우며 여느 때와 마찬가지로 상냥하고 순수하다는 것을 알게 되었다. 제인 또한 자신이 조금도 달라지지 않았다는 것을 보여 주려고 했다. 그리고 다른 때보다 말을 많이 하려고 했다. 하지만 그녀는 마음이 복잡해서 이전보다 말을 현저하게 하지 않고 있다는 사실을 자각하지 못했다.

두 사람이 자리에서 일어서자, 베넷 부인은 마음먹었던 대로 그들을 며칠 뒤의 식사에 초대했고 약속도 받았다. 그러면서 그녀는 덧붙였다.

"빙리 씨는 사실 저한테 한 번의 빚을 지고 있어요. 지난겨울에 런던으로 가면서 돌아오는 대로 우리와 식사하겠다고 했잖아요. 나는 이를 잊지 않았답니다. 그런데 돌아오시지도 않고 약속도 지키지 않아서 무척 실망했어요."

빙리는 조금 얼떨떨한 표정으로 일 때문에 약속을 못 지키게 되어서 미안하다고 말했다. 그런 뒤 그들은 집 밖으로 나섰다.

베넷 부인은 사실 오늘 당장이라도 그들에게 식사를 청하고 싶었다. 하지만 평소처럼 겨우 두 코스 정도의 요리로는 빙리에게 마땅한 대접이 아닌 듯했다. 게다가 매년 1만 파운드의 수입을 올리는 사람에게 만족을 주지 못할 것 같았다.

12

두 사람이 떠난 뒤, 엘리자베스는 기운을 차리기 위해 산책하러 나갔다. 하지만 어쩌면 자신의 기분을 우울하게 하는 여러 문제에 관해 곰곰이 생각해 보기 위해 나간 것일 수도 있었다. 다아시의 태도는 그녀를 놀라게 했고, 화나게 하기도 했다.

'그렇게 아무 말도 안 하고 냉담하게 있을 거면 대체 왜 찾아온 거야?'

그녀는 이런 생각을 반복했지만, 좀처럼 그 이유를 찾을 수 없었다.

'런던에서 외삼촌 부부한테는 유쾌한 태도를 보였으면서 왜 나한테는 안 그러는 거지? 내가 두려웠다면 여기까지 찾아올 이유도 없었을 테고. 게다가 더는 나를 좋아하지 않는다

면 그렇게 입을 다물 이유도 없었을 텐데! 정말 이상한 사람이야. 이제 그 사람은 생각하지 말아야겠어.'

그 결심은 제인이 다가오는 바람에 잠시 중단되었다. 제인의 표정은 꽤 밝았다. 그녀는 그들에 대해 엘리자베스보다는 만족한 것 같았다.

동생의 옆에 앉은 제인이 말했다.

"일단 그분을 만나고 나니 마음이 꽤 편해졌어. 내가 생각보다 강하다는 것도 깨달았지. 이제는 그분이 다시 찾아오더라도 절대 당황하지 않을 거야. 화요일에 우리 집에서 식사하게 된 것도 잘된 일이지. 그때쯤에는 다른 사람들도 우리 두 사람의 사이가 그저 평범하다는 것을 알게 될 거야."

그러자 엘리자베스가 방긋 웃으며 말했다.

"그럼, 아무 관계도 없는 사이여야지. 하지만 언니, 그래도 조심해."

"리지야, 이제 너는 내가 위험에 처할 정도로 나약하다고 생각하지는 않겠지."

"흠, 내가 보기에 언니는 그분과 뜨겁게 사랑에 빠질 위험이 더 커 보이는데?"

그들은 약속한 날이 되어서야 빙리와 다아시를 만날 수 있었다. 빙리는 30분간의 방문에서 여느 때처럼 명랑함과 예의

바른 태도를 보였다. 이 때문에 베넷 부인은 크게 마음이 들떠서 행복한 구상에 젖어 있었다.

이내 롱본에는 많은 사람이 모였고, 기다려 마지않던 두 남자는 시간을 딱 맞추어 식사 장소에 도착했다. 그들이 식당에 들어서자 엘리자베스는 빙리가 과거에 파티가 있을 때마다 그랬던 것처럼 제인의 옆자리에 앉는지 지켜보았다. 베넷 부인 또한 같은 마음이었는지 그를 자신의 옆에 앉히려는 마음을 억눌렀다. 식당에 들어오자 잠시 머뭇거리던 빙리는 제인이 자신을 보고 미소 짓는 것을 보고는 바로 제인의 옆자리에 앉았다.

엘리자베스는 짐짓 활기찬 기분으로 다아시를 바라보았다. 하지만 그는 진지하고 초연하기만 했다. 빙리가 엘리자베스처럼 다아시를 바라보지 않았다면, 그녀는 빙리가 행복해도 좋다는 허락을 받았으리라고 여겼을 수도 있었다.

식사하는 내내 빙리는 제인을 열렬히 사랑하는 듯한 표정을 지었다. 물론 이전보다는 조심스러울 수밖에 없었다. 엘리자베스는 빙리가 이를 주도적으로 이끈다면 두 사람은 분명 행복해질 것으로 생각했다. 그런 결과를 섣불리 단정할 수는 없었지만, 그녀는 빙리의 태도를 지켜보는 것에서 기쁨을 느끼기 시작했다. 자신은 즐거운 기분이 아니었기 때문에 이

것에서 기쁨을 찾은 것이다. 다아시는 엘리자베스와 가장 멀리 떨어진 베넷 부인 옆에 앉아 있었다. 엘리자베스는 그 위치가 어머니나 다아시에게 즐거움을 주지 못할뿐더러 서로이득이 되지도 않는다는 것을 잘 알고 있었다. 엘리자베스는 두 사람의 대화를 들을 수 있는 위치에 있지는 않았지만, 두 사람이 서로에게 거의 말을 건네지 않는 데다가 지극히 의례적으로 서로를 대하는 것쯤은 알 수 있었다. 어머니의 쌀쌀한 태도는 모든 것을 알고 있는 그녀의 마음을 속상하게 했다. 그녀는 그가 베푼 친절을 모든 가족이 모르고 있거나 느끼지 못하는 것은 아니라는 사실을 말할 수 있다면 어떤 희생이라도 감수할 수 있을 것 같았다.

엘리자베스는 저녁이 되면 다아시와 이야기를 나눌 기회가 오지 않을까 기대했다. 그녀는 그와 의례적인 인사만 나누고, 어떤 대화도 나누지 못하고 이 시간이 끝나 버리지는 않을 것으로 생각했다. 그녀는 그들이 들어오기 전에 응접실에서 기다리는 시간이 너무나 길게 느껴졌다. 그녀는 두 사람의 입장을 고대하며 이렇게 생각했다.

'이번에도 다아시 씨가 내게 다가오지 않는다면, 단념해야만 하겠지.'

남자들이 들어왔다. 엘리자베스는 잠시 다아시의 표정을

보고는 자신의 바람이 이루어지리라 기대했다. 하지만 제인이 차를 준비하고 엘리자베스가 커피를 따르고 있던 테이블 주변으로 별안간 여자들이 잔뜩 몰려와서 의자 하나가 들어갈 공간도 없었다. 게다가 남자들이 오는 것을 본 한 아가씨는 그녀에게 이렇게 속삭이기도 했다.

"우리 사이에 남자들이 들어오지 못하도록 해야 해. 어차피 우리는 저 남자들이 필요하지 않잖아. 그렇지?"

다아시는 다른 곳으로 가 버렸고, 엘리자베스는 눈으로 그의 움직임을 좇았다. 그녀는 다아시가 말을 건네는 사람이라면 누구든지 부러워했고, 그 순간 자신이 커피를 따르고 있다는 사실에 울화가 치밀었다. 그러고는 자신의 어리석음에 화가 나 버렸다.

'한 번 청혼을 거절당한 남자잖아! 그런데 바보처럼 그 사람의 애정이 회복되기를 바라다니! 같은 여자에게 두 번이나 청혼하는 줏대 없는 남자가 어디 있겠어? 이렇게 남자들의 감정을 상하게 하는 모욕은 또 없을 거야!'

하지만 다아시가 자신의 잔을 가지고 그녀에게 다가오자, 기운이 생긴 그녀는 말을 걸었다.

"동생분은 아직 펨벌리에 계시나요?"

"네, 크리스마스까지는 그곳에 있을 겁니다."

"아니, 혼자서요? 친구들은 모두 그곳을 떠났을 텐데요?"

"앤슬리 부인이 같이 계세요. 다른 분들은 스카버러로 떠난 지 3주 정도 됐습니다."

엘리자베스는 더는 화제가 떠오르지 않았다. 하지만 다아시가 그녀와 이야기하기를 바랐다면 대화는 이어질 수도 있었다. 하지만 그는 얼마간 말없이 옆에 서 있기만 하다가 조금 전의 그 아가씨가 다시 엘리자베스에게 속삭이는 것을 보고는 자리를 뜨고 말았다.

찻잔이 정리되고 카드 테이블이 준비되자, 여자들은 모두 일어나 버렸다. 휘스트에 참여할 사람들을 모으던 베넷 부인은 다아시를 붙잡아 자리에 앉혔다. 따라서 엘리자베스는 모든 기대를 접어야만 했다. 저녁 내내 그들은 각자 다른 테이블에 앉았기 때문이다. 다만 다아시는 게임이 잘 풀리지 않을 때마다 이따금 그녀 쪽으로 고개를 돌렸다.

베넷 부인은 두 남자를 저녁 식사 때까지 붙잡아 놓으려 했다. 하지만 그들이 탈 마차가 다른 마차보다 먼저 오는 바람에 그들을 붙잡을 기회를 놓쳐 버렸다.

이윽고 집에 가족들만 남게 되자 베넷 부인이 말했다.

"얘들아, 오늘 어땠니? 나는 모든 일이 순조롭게 풀린 것 같구나. 요리는 더없이 훌륭했어. 특히 사슴 고기는 알맞게 구워졌지. 그렇게 두툼한 허리 부분은 처음 봤다고 다들 입을 모아 말하더구나. 수프는 지난주 루카스 댁에서 먹었던 것보다 적어도 50배는 더 맛있었어. 다아시 씨까지도 자고새(닭목 꿩과의 조류) 요리가 너무나 좋았다고 칭찬해 주었지. 그 사람은 적어도 프랑스인 요리사를 두세 사람은 데리고 있을 텐데 말이야. 그리고 제인아, 너는 너무나 아름다웠어. 롱 부인도 같은 생각이시더라. 더구나 그분이 뭐라고 하셨는지 아니? '베넷 부인, 드디어 따님이 네더필드로 시집가실 듯하네요.' 하고 말했어. 정말이지 롱 부인만큼 좋은 사람을 만나기는 힘들 거야. 더구나 그분의 조카들도 아주 얌전하지. 뭐 예쁜 건 아니지만. 그래도 난 그 아이들이 참 좋아."

베넷 부인은 말 그대로 날아갈 듯한 기분이었다. 빙리가 제인을 대하는 태도를 보고는 마침내 딸이 그를 얻게 되었다고 확신한 것이다. 그녀는 흥분을 감추지 못하고 극단적으로 유리하게 생각한 나머지 불과 이틀날 빙리가 청혼하러 오지 않는 것에 대해 크게 실망할 정도였다.

제인은 엘리자베스에게 말했다.

"너무나 기분 좋은 날이었어. 사람들도 엄선해서 모아서 그런지 모두 잘 어울리는 듯했지. 다들 자주 만났으면 좋겠어."

엘리자베스는 웃기만 했다.

"리지야, 너 그렇게 실실 웃으면서 나를 의심하려 들면 못써. 그러면 난 너무나 억울하다고. 나는 빙리 씨를 그저 호의적인 청년으로서 대했을 뿐이야. 그 이상 바라는 것은 없지. 그분도 나의 애정을 구하려고 하지 않는 듯했고. 단지 그분은 누구보다도 부드러운 언변과 상냥한 성격을 지닌 것뿐이야."

"언니는 너무 사악해. 나보고는 웃지 말라고 해 놓고 이렇게 웃음을 계속 유발하잖아!"

"내가 믿어 달라고 해도 안 되는 경우가 있나 보네!"

"때에 따라서는 아예 불가능할 수도 있지."

"그런데 넌 왜 내가 받아들이는 그 이상의 감정을 가지고 있다고 설득하려 하는 거야?"

"음, 그 질문에 대해서는 나도 어떻게 대답해야 할지 모르겠어. 사람들은 알고 싶지 않은 것들을 굳이 남에게 가르쳐 주고 싶어 하는 마음이 있지. 이해해 줘. 정말 언니가 아무 마음도 없다면 나에게 굳이 이야기하지 않아도 돼."

13

며칠 후, 빙리는 혼자 롱본을 찾아왔다. 다아시는 그날 아침에 런던으로 떠났고, 열흘 후쯤 돌아올 것이라고 했다. 한 시간이 넘게 그들과 대화를 나누던 빙리는 매우 기분이 좋은 듯했다. 베넷 부인은 식사하고 가라고 청했지만, 그는 연신 미안하다고 말하며 선약이 있어서 그럴 수 없다고 했다. 그러자 베넷 부인이 말했다.

"다음에 오실 때엔 꼭 식사를 함께했으면 좋겠네요."

빙리는 시간이 되는 대로 이른 시일 내에 이곳에 오고 싶다고 말했다.

"그럼 내일 오는 건 어때요?"

마침 내일은 아무 약속도 없었기 때문에 빙리는 그녀의 초대에 흔쾌히 응했다.

다음 날, 빙리는 정확한 시간에 롱본에 도착했다. 너무 시간을 칼같이 지켜서 롱본의 여인들은 그를 맞이하기 위해 옷도 제대로 입지 못한 상황이었다. 화장 가운을 입고 있던 베넷 부인은 머리카락을 정리하다 말고 딸들의 방으로 달려가 큰 소리로 외쳤다.

"제인아, 얼른 내려가라! 빙리 씨가 찾아오셨어. 어서 서둘러. 사라야, 너는 제인이 옷 입는 걸 도와주고. 리지의 머리 손질은 신경 쓰지 않아도 돼."

그러자 제인이 말했다.

"준비가 끝나는 대로 얼른 내려갈게요. 일단 키티가 먼저 가 있을 거예요. 30분 전에 벌써 위층에 가 있었거든요."

"아휴, 지금 키티가 무슨 상관이니? 네가 제일 중요하지. 빨리 서둘러! 그런데 너 머리띠는 어디 있어?"

어머니의 성화에도 제인은 동생 중 한 명을 대동해 내려가고 싶어 하는 듯했다.

저녁이 되어서도 두 사람만 있게 하려는 노력은 계속되었다. 차를 마신 뒤 베넷 씨는 여느 때와 같이 서재로 향했고, 메리는 피아노가 있는 위층으로 올라갔다. 일단 두 명의 방해꾼이 사라지자 베넷 부인은 엘리자베스와 캐서린에게 눈빛으로 신호를 보냈다. 하지만 엘리자베스는 못 본 척했고, 순진한 키티는 어머니의 시선을 보고는 천진난만하게 말했다.

"엄마, 왜 저를 보고 자꾸 눈을 깜빡거리시는 거예요? 뭘 어떻게 하라고요?"

"아니다, 키티야. 네가 착각한 거야."

잠시 앉아 있던 베넷 부인은 이러다가 귀중한 시간을 놓쳐 버릴 것만 같아서 갑자기 일어나 키티에게 말했다.

"키티야, 이리로 오렴. 너한테 할 얘기가 있단다."

그렇게 베넷 부인은 키티를 방 밖으로 데리고 갔다. 어머니의 의중을 파악한 제인은 엘리자베스에게 너라도 제발 이곳에 있어 달라는 간곡한 눈빛을 보냈다. 하지만 어머니는 엘리자베스에게도 할 이야기가 있다며 불렀다. 그녀 또한 나갈 수밖에 없었다.

"둘만 얘기하도록 하는 게 좋겠지? 키티하고 나는 위층 옷방에 가 있으련다." 하고 베넷 부인이 말했다.

엘리자베스는 어머니와 언쟁을 벌이고 싶지 않았다. 그래서 그녀는 어머니와 키티가 위층으로 올라가자 응접실로 되돌아왔다.

베넷 부인의 계획은 뚜렷한 성과가 없었다. 빙리는 모든 면에서 너무나 훌륭했지만, 정작 자신이 제인의 애인이 되었다는 사실을 공표하지는 않은 것이다. 그의 부드럽고 쾌활한 성격은 그날 저녁 모임을 즐겁게 이끌었다. 그는 베넷 부인의 오지랖을 잘 견뎌 주었고, 그녀의 경솔한 말을 듣고도 내색하려 하지 않았다. 그 점이 제인으로서는 너무나 고마울 뿐이었다.

베넷 부인은 그에게 저녁 식사를 같이하자고 부탁할 필요도 없었다. 그리고 다음 날 아침 그는 베넷 씨와 사냥을 나가기 위해 다시 방문할 것을 약속했다.

그날 이후 제인은 빙리에게 관심이 없다는 말은 할 수 없었다. 두 자매는 빙리에 관한 이야기를 주고받지는 않았지만, 엘리자베스는 다아시가 예정보다 빨리 돌아오지 않는다면 모든 일이 빠르고 순조롭게 마무리될 것으로 보았다. 하지만 결국 일이 실현되기 위해서는 다아시의 동의가 필요하다고 생각했다.

빙리는 다음 날도 역시 제시간에 찾아왔고, 베넷 씨와 사냥하며 아침 시간을 보냈다. 베넷 씨는 빙리가 예상한 것과 달리 의외로 사교성이 있는 사람이었다. 그리고 빙리도 베넷 씨에게 놀림을 당하거나 그가 침묵하도록 어리석은 면을 보이는 사람이 아니었다. 덕분에 베넷 씨는 생각보다 호의적으로 빙리를 대할 수 있었다. 그들은 식사하러 돌아왔다. 그날 저녁이 되자, 빙리와 제인만 대화를 나누도록 하려는 베넷 부인의 작전이 다시 시작되었다. 엘리자베스는 편지를 써야 할 일이 있다며 차를 마신 뒤 그곳을 빠져나왔다. 다른 사람들이 카드놀이를 하기 위해 앉고 있어서 자신이 굳이 어머니의 계획을 방해하고 싶지는 않았기 때문이다.

편지를 다 쓰고 응접실로 돌아온 엘리자베스는 결국 어머니가 현명한 판단을 했다는 것을 깨닫고 감탄할 수밖에 없었다. 그녀가 응접실 문을 열자, 제인과 빙리가 난로를 마주하고 진지한 이야기를 나누는 모습이 눈에 들어왔기 때문이다. 또한 두 사람이 엘리자베스를 보고는 화들짝 놀라며 서로 거리를 두는 것을 보고는 모든 것을 확신할 수 있었다. 두 사람은 매우 어색해 보였지만, 정작 엘리자베스 자신이 더 난처한 지경이었다. 세 사람 중 그 누구도 말을 꺼내지 못하자, 엘리자베스는 그 자리를 빠져나오려 했다. 그러자 빙리가 갑작스럽게 일어나 제인에게 귓속말을 건네고는 먼저 방을 나와 버렸다.

제인은 이제 더는 엘리자베스에게 감정을 숨길 수가 없었다. 그녀는 감정이 북받쳐서 와락 동생을 끌어안으며 자신이 세상에서 제일 행복한 사람이라고 말했다.

"너무나 벅찬 일이야! 내게는 과분한 행복이지! 아, 다른 사람들도 모두 나처럼 행복했으면 좋겠어!"

엘리자베스는 형언할 수 없을 만큼 열렬하고 기쁜 마음을 가득 담아 축하의 말을 건넸다. 동생의 말 하나하나가 제인에게 새로운 행복감을 느끼게 했다. 하지만 제인은 동생과 오래 이야기를 나눌 여유가 없었다.

"리지야, 바로 엄마에게 가야겠어. 엄마가 이렇게 되도록 물심양면 도와주셨는데 당연히 알려 드려야지. 다른 누구도 아닌 내 입으로 직접 말씀드리고 싶어. 빙리 씨는 벌써 아버지한테 갔을 거야. 오, 리지야! 내 일이 우리 가족 모두에게 이렇게 큰 기쁨을 줄 수 있다니! 나는 이 행복을 감당할 수 있을지 모를 지경이야!"

제인은 곧바로 위층으로 달려갔다. 어머니와 키티는 한참 전에 카드놀이를 멈추고 소식을 기다리고 있었다.

혼자 남게 된 엘리자베스는 지난 몇 달 동안 너무나 마음을 졸이던 일이 순식간에 해결되는 것 같아 절로 미소가 나왔다. 그러다가 그녀는 문득 생각했다.

'다시 씨가 그렇게 걱정하던 일이 이렇게 마무리되는구나. 또한 빙리 양의 온갖 권모술수를 우리가 이겨 낸 것이기도 하고. 정말 가장 행복하고 현명하며 합리적인 결과야!'

잠시 후 베넷 씨와 대화를 나눈 빙리가 방에 돌아와 엘리자베스에게 물었다. 그는 아버지와 이야기를 잘 마무리한 모양이었다.

"언니는 어디에 있나요?"

"지금 엄마와 함께 위층에 있어요. 곧 내려오겠지요."

그러자 빙리는 문을 닫고 그녀에게 다가가 이제 처제로서 축하의 말을 건네 달라고 말했다. 엘리자베스는 진심으로 빙리와 인연을 맺게 된 것이 기쁘다고 답했다. 두 사람은 뜨겁게 악수했다. 빙리는 제인이 내려올 때까지 자신이 얼마나 행복한지, 또한 제인이 얼마나 완벽한 여성인지에 대해 여러 말을 늘어놓았다. 엘리자베스는 비록 지금 그가 행복에 젖어 있다 하더라도, 그의 말이 꽤 합리적이고 현실적인 근거를 가진다고 생각했다. 제인의 너그러움과 훌륭한 성품, 그리고 빙리와 제인의 전반적인 성향이 유사하다는 것이 이를 뒷받침했기 때문이다.

그날 저녁은 가족 모두에게 너무나 특별한 시간이었다. 제인은 흡족한 마음 덕분에 얼굴에서도 생기가 넘쳐 보였다. 키티도 계속 웃어 대면서 곧 자기도 결혼할 것이라는 기대를 품었다. 베넷 부인은 30분 동안이나 빙리와 이야기를 나누며, 두 사람의 결혼에 대한 승낙을 더없이 열렬한 말로 표현하려고 애썼다. 베넷 씨도 식사할 때의 태도나 어조로 봤을 때 진정으로 행복해한다는 사실을 알 수 있었다.

하지만 베넷 씨는 빙리가 갈 때까지 이 일에 대해서는 어떤 이야기도 하지 않았다. 베넷 씨는 빙리가 떠난 뒤 제인을 불러 이렇게 말했다.

"제인아, 축하한다. 넌 정말 훌륭한 아내가 될 거야."

제인은 바로 아버지에게 달려가 입을 맞추며 감사를 표했다.

"넌 착한 딸이지. 네가 이토록 행복하게 되다니 참 기뻐. 분명 너희 두 사람은 잘 살 수 있을 거야. 너희들은 성격이 비슷한 편이지. 서로를 배려하는 성격 탓에 중요한 결정을 미룰 수도 있고, 마음이 여리니 하인들이 너희를 속이려 들 수도 있겠지. 어쩌면 씀씀이가 커서 지출이 수입을 항상 초과할지도 모르겠다."

"아버지, 그렇지는 않을 거예요. 저희가 금전적인 부분에서 경솔하거나 절제를 잃는 일은 없을 거예요."

그러자 베넷 부인이 언성을 높이며 대화에 끼어들었다.

"아니, 수입을 초과한다니요? 여보, 무슨 말씀을 하시는 거예요? 그 사람 수입은 적어도 1년에 4, 5천 파운드 이상일 텐데요."

그리고 난 후 베넷 부인은 제인에게 말했다.

"제인아, 나는 정말 행복해서 오늘 밤은 한숨도 못 잘 듯하다. 결국 이렇게 될 줄 알았어! 네가 이렇게나 예쁜데 어떻게 아무 일이 일어나지 않을 수 있겠니? 나는 작년에 그가 하트퍼드셔에 처음 왔을 때, 그를 보자마자 너하고 인연을 맺을 것으로 생각했지. 난 지금껏 그렇게 잘생긴 청년을 본 적이 없었단다!"

이제 베넷 부인에게 다른 딸들은 물론, 위컴과 리디아의 존재는 까맣게 잊혀졌다. 지금 그녀에게는 제인이 가장 사랑스러운 딸이었다. 메리와 키티는 언니에게 어떤 콩고물이라도 얻어 보려고 갖은 요구를 하기 시작했다.

메리는 네더필드의 서재를 쓰게 해 달라고 이야기했고, 키티는 겨울마다 수차례 무도회를 열어 달라고 보챘다.

이제 빙리는 매일같이 롱본을 찾아왔다. 어떨 때는 아침 식사 전에 오기도 했고, 늘 저녁 식사 이후까지 머물러 있었다. 뻔뻔한 이웃이 그를 식사에 초대해서 어쩔 수 없이 그에 응해야 하는 경우를 제외하면 말이다.

엘리자베스는 이제 제인과 대화를 나눌 기회가 많지 않았다. 제인은 빙리와 함께 있을 때는 다른 누구에게도 신경을 쓰지 않았기 때문이다. 하지만 엘리자베스는 두 사람이 가끔 떨어져 있을 때, 자신이 그 둘에게 매우 필요한 존재라는 것을 알게 되었다. 빙리는 제인이 없을 때 그녀에게 종종 제인에 대한 이야기를 늘어놓았고, 제인도 빙리가 없으면 같은 방법으로 그녀에게 대화를 걸고 위안을 얻었다.

어느 날 저녁, 제인은 엘리자베스에게 말했다.

"글쎄, 그동안 빙리 씨는 내가 지난봄 런던에 갔었다는 사실을 몰랐대! 나는 전혀 예상할 수 없었어."

"나는 그럴 수도 있다고 생각했지. 그런데 빙리 씨는 왜 몰랐다는 거야?"

"분명 빙리 양이 간섭했겠지. 빙리 양은 자기 오빠와 내가 사귀는 것을 달가워하지 않았으니까. 뭐 이상할 것도 없지. 빙리 씨는 나보다 더 훌륭한 배필을 찾을 수도 있었으니까. 하지만 우리가 행복한 모습을 보여 주면 빙리 양도 결국 만족하게 될 거야. 물론 이전처럼 친밀한 관계가 될 수는 없겠지만."

"언니, 뭘 또 그렇게 야박하게 생각해! 언니는 너무 착해서 문제야! 나는 언니가 다시는 빙리 양의 기만에 속지 않았으면 좋겠어."

"리지야, 빙리 씨가 작년 11월쯤 런던에 갔었잖아? 그때 그분이 나를 연모하면서도 돌아오지 않았던 이유가 뭔지 아니? 글쎄 내가 자기한테 관심이 없다고 생각해서였대! 너라면 이 얘기를 믿을 수 있겠니?"

"빙리 씨가 오해하신 거겠지. 어쩌면 겸손해서 그렇게 판단하셨을 수도 있고."

그러자 제인은 그가 너무 겸손해서 자신의 장점을 낮게 평가한다는 등의 칭찬을 끊임없이 늘어놓았다.

엘리자베스는 빙리가 다아시에 대한 이야기를 누설하지 않은 것을 알고는 다행이라고 여겼다. 제인은 아량이 넓었지만, 그 사실을 알게 되면 다아시에게 편견을 가질 수도 있었기 때문이다.

"리지야, 난 세상 누구보다 운이 좋은 사람일 거야. 우리 가족 중에서 나만 이 기쁨을 누려도 되는 걸까? 너도 그이만큼 훌륭한 남자를 만나서 행복을 누렸으면!" 하고 제인이 말했다.

"나는 언니가 그런 사람을 마흔 명쯤 소개해 줘도 언니만큼 행복해질 수 없을 거야. 나는 언니처럼 선량하고 좋은 심성을 가지지는 못했잖아. 내가 알아서 어떻게 해 볼게. 누가 알아? 운이 좋다면 제2의 콜린스 씨를 만날 수도 있을지?"

롱본 가족의 경사는 이내 온 동네에 퍼졌다. 베넷 부인이 필립스 부인에게 전한 말을 그녀가 메리턴의 모든 이웃에게 퍼뜨렸기 때문이다.

베넷 집안은 불과 몇 주 전 리디아가 달아났을 때만 해도 불운하다고 알려졌지만, 지금은 이웃 모두가 세상에서 가장 행복한 집안으로 여기게 되었다.

14

제인과 빙리가 약혼한 지 1주일이 지난 아침쯤, 빙리와 베넷 집안의 여성들은 식당에 앉아 있었다. 그때 멀리서 마차 소리가 들려왔다. 모두 창문 밖을 내다보니 사두마차가 집으로 오고 있는 것이 보였다. 손님이 찾아오기에는 너무 이른 시간이었고, 마차의 장비는 물론 하인의 복장도 매우 낯설었다. 빙리는 급작스레 찾아온 손님을 피해 제인에게 산책하러 나가자고 설득했다. 그들이 밖으로 나간 뒤 남은 사람들은 당최 누가 방문한 것인지 생각해 보았지만 전혀 예측할 수 없었다. 그때 다름 아닌 캐서린 부인이 문을 열고 들어왔다.

정말 뜻밖의 손님이었다. 베넷 부인과 키티는 그녀가 누구인지 잘 몰랐지만, 이미 그녀를 알고 있던 엘리자베스보다 훨씬 경악했다.

캐서린 부인은 여느 때보다 더 무례한 태도를 보였다. 엘리자베스가 인사를 건네자 고개를 까딱거리기만 할 뿐 아무 말도 하지 않고 자리에 앉았다. 엘리자베스는 일단 어머니에게 부인을 소개했다.

베넷 부인은 이렇게 지체 높은 분을 맞게 된 것이 기뻤지만, 놀란 마음을 감출 수 없어서 최대한 예의를 갖추어 부인을 맞이했다. 캐서린 부인은 잠시 침묵을 지키다가 이내 불손한 말투로 엘리자베스에게 물었다.

"베넷 양, 잘 지냈겠지요. 저 부인이 당신 어머니 되시나요?"

엘리자베스는 짧게 그렇다고 대답했다.

"그러면 저기 저 사람은 자매 중 하나고?"

그러자 베넷 부인은 그녀에게 말을 걸 기회를 잡아 기뻐하며 말했다.

"그렇습니다, 부인. 저 아이는 끝에서 둘째지요. 막내딸은 최근에 결혼했고, 맏딸은 지금 정원에서 곧 결혼할 청년과 산책하고 있답니다."

캐서린 부인은 잠시 침묵하다가 이야기를 이어 나갔다.

"여기는 정원이 꽤 비좁군요."

"물론 로징스와는 비교도 할 수 없겠지요. 하지만 윌리엄 경의 정원보다는 훨씬 넓은 것으로 알고 있습니다."

"여름날 저녁에 이곳에 있으면 꽤 버티기 힘들겠어요. 창문이 모두 서향으로 나 있으니까요."

베넷 부인은 식사 이후에는 이곳에 있지 않는다고 말한 후 질문했다.

"콜린스 씨 가족들도 모두 잘 있겠지요?"

"그래요. 아주 잘들 있지요. 그저께 저녁쯤 만나기도 했고요."

엘리자베스는 이제 캐서린 부인이 샬럿이 보낸 편지를 꺼낼 것으로 생각했다. 아무리 생각해 보아도 부인이 방문한 이유는 그것뿐이었다. 하지만 부인은 편지를 꺼내려고 하지 않아서 엘리자베스는 무척 혼란스러웠다.

베넷 부인은 그녀에게 다과라도 하지 않겠느냐고 정중히 권했지만, 캐서린 부인은 도도하게 그러지 않겠다고 말한 뒤 자리에서 일어나 엘리자베스에게 말했다.

"베넷 양, 댁의 잔디밭 구석에 작은 숲이 있는 것 같던데, 나와 같이 간다면 그곳을 좀 둘러보고 싶군요."

그러자 베넷 부인이 말했다.

"그래, 엘리자베스야. 부인께 산책길을 소개해 드리렴. 부인께서 숲을 보신다면 너무나 마음에 들어 하실 거다."

엘리자베스는 자기 방에서 양산을 들고나와 부인과 동행하러 내려갔다. 캐서린 부인은 현관으로 걸어가며 식당과 응접실 문을 열고 잠시 살펴보다가 방들이 꽤 괜찮다고 말한 뒤 계속 걸어갔다.

엘리자베스는 현관 앞에 서 있는 마차 안에 하인이 대기하고 있는 것을 보았다. 그들은 숲으로 연결된 자갈길을 조용히 걸어갔다. 엘리자베스는 평소보다 유난히 무례한 사람에게 굳이 말을 걸 이유는 없다고 마음먹었다. 그녀는 부인의 얼굴을 바라보며 이렇게 생각했다.

'어떻게 이런 부인이 자기 조카와 닮았다고 생각했을까?'

두 사람이 숲으로 들어서자, 부인이 먼저 말을 시작했다.

"베넷 양, 내가 왜 이곳에 왔는지 잘 알고 있겠지요? 본인 양심에 물어보면 내가 왜 왔는지 알 수 있을 거예요."

엘리자베스는 깜짝 놀란 표정으로 부인을 바라보았다.

"뭔가 오해가 있으신 듯합니다. 저는 부인께서 이곳까지 오신 이유를 잘 알지 못합니다."

그러자 부인은 격노하며 말했다.

"베넷 양, 나를 우습게 보면 안 되지요. 베넷 양이 어떻게 나를 대하든 난 절대 호락호락한 사람이 아니거든. 나는 본래 착실하고 정직하다고 익히 알려져 있어요. 물론 지금도 내 그런 성향대로 말하겠지만. 이틀 전, 아주 놀랄 만한 소식이 들리더군요. 언니가 매우 유리한 조건으로 결혼한다는 얘기, 또 당신도 비슷한 조건의 남자인 내 조카 다아시와 곧 결혼할 거라고 말이야. 이를 믿어 버리는 것 자체가 내 조카를 욕되게 하겠지만, 나는 내 기분을 하루라도 빨리 알려 주어야겠다고 생각했지요."

엘리자베스는 놀라움과 모욕감이 들어 얼굴을 붉히며 말했다.

"이 사실을 믿지 못하신다면, 대체 왜 이곳까지 오신 건가요? 무슨 생각이신 거지요?"

"그 소문이 완전히 거짓이라는 것을 사람들에게 확실히 해 두려는 것이요."

"저와 제 가족을 만나러 이곳까지 방문하셨다는 게 오히려 소문을 인정하는 것이 될 텐데요. 물론 그런 소문이 퍼졌다는 걸 전제로 해야겠지만 말이지요."

"정말 그것을 모른 체하기만 할 건가? 그 소문은 당신 가족 입으로 열심히 퍼뜨린 걸 텐데 말이야! 아니, 모든 사람이 다 알고 있는 소문을 당신들만 모른다고?"

"저는 그런 말을 들어 보지 못했네요."

"그래, 그렇다면 그 소문이 유언비어라고 확언할 수 있겠어요?"

"저는 부인처럼 모든 것에 정직한 사람은 아니라서요. 제
가 모든 이야기를 사실대로 말씀드린다는 확신은 못 하겠네
요."

"정말 참을 수가 없군. 베넷 양, 내 조카가 청혼이라도 했다
는 건가요? 사실대로 말해 봐요."

"부인께서 그건 있을 수 없는 일이라고 단호히 말씀하셨
지요."

"물론이지! 그 애가 제정신이라면 말이에요. 하지만 아가
씨의 술수나 잔꾀에 빠져서 그 애가 정신이 나가 버렸을 수도
있지요. 당신이 그 애를 유혹했을 수도 있고."

"만약 제가 그랬더라면 더더욱 사실대로 이야기할 리가
없겠지요."

"베넷 양, 아직도 나를 잘 모르나요? 나는 그따위 말을 듣
는 데에 익숙한 사람이 아니에요. 난 그 애와 가장 가까운 친
척이고, 마땅히 그 애와 관련한 문제를 모두 알 권리가 있지
요."

"하지만 저에 대한 것까지 아실 권리는 없겠지요. 더구나
이렇게 강압적으로 나오시면 저한테는 한마디도 듣지 못하
실 것입니다."

"내 말 똑똑히 들어요. 아가씨가 주제도 모르면서 어떻게 해 보려는 이 결혼은 절대 성사될 수 없을 테니 그리 알아요. 다아시는 내 딸과 약혼했어요. 이래도 할 말이 있나요?"

"이 말씀은 드려야겠네요. 그 말이 사실이라면 부인께서는 다아시 씨가 제게 청혼했다고 여기실 이유가 전혀 없으시지 않나요?"

이 말에 캐서린 부인은 잠시 머뭇거리다가 대답했다.

"그 애들의 약혼은 조금 특이한 경우지. 어릴 적부터 혼담이 오갔으니까. 그것은 나와 다아시 어머니 모두 바랐던 일이고. 그 애들이 갓난아이였을 때부터 우린 인연을 맺기로 계획했어요. 그런데 우리의 바람이 막 이루어지려던 찰나에, 뜬금 없이 천한 태생에 신분도 낮은 아가씨 하나가 훼방을 놓으려하다니! 당신은 다아시 가족의 소망이나 어렸을 때 그들이 맺은 무언의 약속이 어떻게 되든 전혀 상관없다는 건가요? 최소한 양심이라도 있어야지! 다아시가 어릴 적부터 내 딸과 결혼하기로 되어 있었다는 말을 분명 한 것 같은데, 듣지도 못했나요?"

"물론 전에 들은 적이 있습니다. 하지만 그 내용이 저와 무슨 상관이 있지요? 만약 제가 다아시 씨와 결혼하는 데 다른 문제가 없다면, 저는 앞서 말씀하신 그것 때문에 이를 포기하지는 않을 겁니다. 두 분이 혼담을 나누신 건 알겠지만, 최종적으로 결혼을 성사하는 것은 당사자들에게 달려 있지요. 다아시 씨가 왜 다른 선택을 하면 안 된다는 건가요? 그리고 그가 선택한 사람이 저라면, 제가 무슨 이유로 그를 거절해야만 하겠습니까?"

"왜냐하면 명예나 도리, 판단력, 그리고 이해관계가 맞지 않기 때문이겠지요. 만약 아가씨가 고집을 부려서 가족들의 의향과 대치되는 행동을 한다면, 당신은 누구에게도 인정받을 수 없을 거야. 다아시와 연관된 모든 사람이 아가씨를 비난하고 깔보게 될 거예요. 우리 또한 너무나 수치스러운 일일 테니 다시는 아가씨 이름을 입에 올리지도 않을 거고."

그러자 엘리자베스가 대답했다.

"참으로 불행한 일이겠군요. 하지만 다아시 씨의 부인이 된다면, 앞서 말한 것들을 상쇄할 만한 특별한 행복을 누리게 될 테니 딱히 후회할 일은 아닌 듯하네요."

"이런 천하의 괘씸한 계집 같으니! 내가 다 창피하네! 내가 지난봄에 베풀어 준 친절에 대한 보답이 겨우 이것인가? 자, 베넷 양. 나는 여기까지 온 이상 내 목표를 관철하기 위해 노력할 거예요. 나는 다른 사람 때문에 태도를 바꿀 마음이 없어요. 실망하는 것은 더더욱 그냥 못 보는 성격이고."

"네, 그렇다면 지금으로서는 부인의 입장이 더욱 딱하게 되었네요. 저는 아무 영향도 받지 않을 것입니다."

"어디서 말을 끼어들어! 내가 말할 땐 잠자코 들어요. 내 딸과 조카는 하늘이 맺어 준 인연이에요. 두 사람의 외가는 모두 귀족 출신이고, 친가는 비록 작위가 없어도 명예로우며 유서가 깊은 가문이지요. 재산도 모두 상당하고. 두 집안의 사람들이 입을 모아 인연을 맺겠다고 얘기하는데, 무엇이 이를 갈라놓을 수 있겠어요? 가문이나 친척, 하물며 재산도 보잘것없는 아가씨 하나가 훼방을 놓는 걸 우리가 어떻게 참으라는 거지? 이럴 수는 없지! 당신이 사리 분별을 제대로 할 줄 안다면, 당신의 분수에 맞는 사람을 만나야 하는 거예요."

"부인의 조카분과 결혼한다고 해서 제가 분수에 넘치는 일을 했다고 생각하진 않을 겁니다. 다아시 씨는 신사이시고, 저 또한 신사의 딸이지요. 그러니까 우리는 평등한 거예요."

"그래, 당신이 신사의 딸인 건 알겠어요. 하지만 당신의 어머니는? 그대의 외삼촌과 외숙모는? 우리가 그 사람들의 신분을 모른다고 생각하지는 않겠지요?"

"제 집안이 어떻든 다아시 씨가 저와 결혼하고 싶다면, 부인께서 상관할 일은 아니실 듯한데요."

"돌려 말할 것도 없겠군요. 그 애랑 약혼한 건가요?"

엘리자베스는 대답하면 부인의 궁금증이 충족된다는 것을 알았기 때문에 대답하기 싫었지만, 고심한 뒤 이렇게 말했다.

"아닙니다."

그 말을 듣자 캐서린 부인은 매우 기뻐하는 듯했다.

"그럼 앞으로 그 애와 약혼하지 않겠다고 약속할 수 있겠어요?"

"그건 약속드릴 수 없겠네요."

"베넷 양, 난 당신이 조금 더 사리를 분별할 줄 아는 사람이라 생각했어요. 꽤 당황스럽군요. 하지만 내가 단념할 거라고 예견하지는 말아요. 내가 원하는 대답을 얻을 때까지 나는 이곳을 절대 떠나지 않을 테니."

"다시 한번 말씀드릴게요. 저는 절대로 그 약속을 하지 않겠어요. 저는 위협을 당한다고 해서 합당하지 못한 일을 억지로 하는 사람이 아니에요. 부인께서는 다아시 씨와 댁의 따님이 결혼하기를 바라시겠지만, 제가 그 약속을 지킨다고 해서 두 사람이 정말로 결혼할 수 있을까요? 만약 다아시 씨가 저를 사랑하는데 제가 그의 구애를 거절했다고 해서 그가 바로 댁의 따님에게 청혼할 수 있을까요? 이번 부탁은 너무나 상식에 어긋나는 거였어요. 더구나 그 논거도 너무나 보잘것없고요. 제가 이런 강압에 넘어갈 거라고 여기셨다면, 저를 한참 잘못 보신 것입니다. 다아시 씨가 자신의 결혼 문제에 대해 부인이 얼마나 간섭할 수 있도록 할지는 알 수 없지만, 제일에 관여할 권리는 분명 없으시겠지요. 그러니 더는 이 문제로 저를 귀찮게 하지 말아 주세요."

"그렇게 앞서 나가지 말아요. 내 얘기는 아직 안 끝났으니. 지금까지 말했던 이유 외에 하나 더 말할 것이 있어요. 난 당신 막냇동생의 수치스러운 도피 사건의 전말을 잘 아는 사람이에요. 그 사람이 막냇동생과 결혼하게 된 데에는 당신의 아버지와 외삼촌이 돈을 써서 진행했다는 것까지도. 그런 여자가 감히 내 조카의 처제가 될 수 있다고 생각해요? 더구나 막냇동생의 남편은 돌아가신 다아시 어른의 집사 아들이잖아! 대체 우리를 어떻게 생각하는 거예요? 펨벌리의 사람들을 이렇게까지 더럽힐 셈인가요?"

"더 드릴 말씀이 없네요. 부인은 지금 분명히 저를 모욕하신 겁니다. 저는 이제 집으로 돌아가겠습니다."

엘리자베스는 분노를 참지 못하며 이렇게 말하고는 자리에서 일어섰다. 캐서린 부인도 일어났다. 부인 역시 화를 감출 수 없었다.

"당신은 내 조카의 명예나 평판이 하찮게 되어도 좋다는 말이지? 매정하고 이기적인 아가씨 같으니! 다아시와 결혼하는 것이 그 애를 먹칠하는 일이라는 생각은 안 드나요?"

"이제 더는 드릴 말씀이 없습니다. 제 대답도 잘 알고 계시겠지요."

"아주 그 애와 결혼하기로 마음먹었다는 거네요?"

"저는 그렇게까지 말씀드리지 않았습니다. 저는 단지 누구의 말에도 휘둘리지 않고 오로지 제가 행복할 방도를 찾아가기로 마음먹었을 뿐입니다."

"좋아요. 내 말을 끝까지 듣지 않겠다는 것으로 알겠어요. 아가씨는 의무나 평판, 은혜 따위에는 관심도 두지 않겠다는 말이군요. 온 세상 사람들이 다아시를 비웃게 하려고 결심한 셈이야."

"의무나 평판, 은혜 같은 것은 현재의 저를 흔들 수 없어요. 제가 다아시 씨와 결혼한다고 하더라도 앞서 말씀하신 것들 가운데 어떤 요소도 훼손되지 않을 겁니다. 그 사람 집안이나 세상의 분노에 대해서도 전혀 상관하지 않을 것입니다. 설령 우리 가족마저 분노한다고 할지라도요. 물론 세상 사람들도 상식이 있다면 저를 모두 경멸하지는 않을 거고요."

"아가씨 속셈은 이제 잘 알겠어요! 그렇게 결정했다 이거지. 하지만 나도 다 생각이 있지요. 그러니 본인 생각이 이루어질 것이라는 기대는 하지 말아요. 난 그저 당신이 어떻게 대응하는지 시험해 보러 온 거니까. 조금이나마 의식 있는 아가씨이기를 바랐는데 아쉽게 됐네요. 하지만 결국 내가 원하는 대로 이루어지겠지요."

두 사람은 이런 말을 주고받다가 마차가 있는 곳까지 도착했다. 부인은 갑자기 뒤를 돌아보고는 이렇게 말했다.

"베넷 양, 나는 작별 인사를 나누지 않겠어요. 당신 어머니한테도 마찬가지고. 당신들은 그런 가치도 없는 사람들이지. 너무 불쾌하군요."

이 말에 엘리자베스는 대답하지 않았다. 부인에게 집으로 들어가자고 권할 생각 또한 없었다. 엘리자베스는 묵묵히 혼자 집으로 들어갔다. 그녀가 위층으로 올라가자, 마차가 떠나는 소리가 들려왔다. 베넷 부인은 옷 방에서 그녀에게 조바심을 내며 부인이 왜 들어오지 않느냐고 물었다.

"인사하고 싶지 않으셨대요. 기어코 가시겠다더군요." 하고 엘리자베스는 말했다.

"참 아름다운 분이신 것 같다. 이곳까지 방문해 주시다니 정말 고마운 일이야. 콜린스 부부의 안부를 전해 주시려고 오신 거겠지. 어디로 가시는 중이었겠지? 어쩌면 메리턴을 지나가다가 너를 갑자기 보고 싶으셨을지도 몰라. 너한테 다른 말씀은 안 하셨니?"

상황이 이렇게 전개되니 엘리자베스는 조금의 거짓말을
보태야 했다. 어머니에게 캐서린 부인과 나눈 이야기를 모두
알려 줄 수는 없었기 때문이다.

15

엘리자베스는 캐서린 부인이 다녀간 뒤 무척 혼란스러웠다. 몇 시간이고 그 생각에 얽매일 수밖에 없었다. 부인은 오로지 다아시와 자신의 결혼을 막기 위해 이 멀리까지 온 것이었다. 하지만 그 소문이 대체 누구로부터 비롯된 것인지 그녀는 조금도 짐작할 수 없었다. 그러다가 엘리자베스는 빙리가 다아시의 친구이고, 자기 또한 제인의 동생이므로 제인이 결혼하고 나면 연달아 결혼하기를 바라는 마음에서 그런 소문이 나올 수도 있었을 것으로 생각했다. 제인이 결혼하면 그녀도 다아시를 더 자주 만날 수 있을 것이었다. 그래서 이웃인 루카스 집안의 사람들이 이를 확신하고 소문을 퍼뜨린 것은 아니었을까. 더구나 그들은 콜린스 부인과 편지를 자주 주고받기도 했으니까 말이다.

하지만 엘리자베스는 캐서린 부인의 말을 떠올리며, 그녀가 어떤 일을 벌일지 불안하기도 했다. 부인이 자신과 다아시의 결혼을 막겠다고 장담한 것을 보니, 다아시에게 어떤 말이라도 할 듯했다. 또한 그 과정에서 이 결혼의 단점들을 그녀가 나열한다면, 다아시가 어떻게 받아들일지도 함부로 판단할 수 없는 일이었다. 엘리자베스는 다아시가 캐서린 부인을 얼마나 따르는지는 알 수 없었지만, 아무래도 자신보다는 부인의 입장에서 판단하는 것이 당연하리라는 생각이 들었다. 더구나 자신의 집안이 너무나 하찮다는 치명적인 단점을 줄줄이 말할 것이 분명했다. 그렇기 때문에 품위를 우선시하는 그의 성향으로 볼 때, 부인이 결혼의 반대로 내세우는 보잘것없는 이유를 다아시는 어쩌면 확고하게 받아들일 수도 있었다.

또한 다아시가 자신의 태도를 분명히 보이지 않는 현 상황에서 캐서린 부인의 충고와 간청을 받는다면 그는 가문에 위신이 서는 입장을 택할 수도 있을 것이다. 만일 그렇게 된다면 그를 다시는 만나지 못할 수도 있다. 캐서린 부인은 돌아가는 길에 런던에 들러 다아시를 만날지도 모른다. 그렇다면 네더필드로 오겠다고 빙리와 한 약속은 이루어지지 못할 것이 분명했다.

'그러니까 며칠 후에 다아시 씨가 약속을 지키지 못하겠다고 편지를 보낸다면 대략 모든 상황을 알 수 있겠구나. 만약 그렇게 된다면 나는 모든 기대와 희망을 접을 거야. 다아시 씨가 마음을 굳게 먹는다면 내 사랑을 얻을 수 있을 텐데, 그가 좀 아까운 여자였다는 식으로 날 포기한다면 나 또한 그에게 미련 따위를 보이지 않겠어.'

한편 누가 방문했는지 알게 된 다른 가족들은 매우 놀랐다. 하지만 고맙게도 그들은 베넷 부인의 호기심이 가라앉은 것과 같은 정도로만 추측했다. 그래서 엘리자베스는 가족들에게 귀찮은 질문을 받지 않아도 되었다.

다음 날 아침, 아래층으로 내려가던 엘리자베스는 손에 편지를 쥐고 서재에서 나오는 아버지와 마주쳤다.

"리지야, 마침 너에게 가려던 참이었다. 잠깐 내 방으로 들어오너라." 하고 베넷 씨가 말했다.

엘리자베스는 아버지가 손에 쥐고 있는 편지와 관련한 이야기를 할 것이라는 생각에 큰 호기심이 일었다. 그러다가 문득 캐서린 부인이 보낸 편지라고 생각해 보니, 갖은 변명을 늘어놓아야겠다는 생각에 정신이 아찔하기도 했다.

그녀는 아버지의 뒤를 따라 난로 옆의 자리에 앉았다. 이윽고 베넷 씨가 말을 건넸다.

"오늘 아침에 너무나 놀랄 만한 편지를 한 통 받았다. 너와 관련된 이야기니 내용을 알아야겠지. 나는 지금까지 우리 딸 중 두 명이나 조만간 결혼하리라고는 생각지도 못했어. 일단 축하의 말을 건네야겠다. 아주 대단한 남자의 마음을 얻었더구나."

그 편지가 캐서린 부인이 아닌 다아시에게서 왔다는 것을 깨닫자, 그녀는 이내 두 뺨이 붉어졌다. 그녀는 다아시가 자신의 의견을 밝힌 것을 좋아해야 할지, 혹은 그녀에게 직접 편지를 보내지 않은 것에 대해 화내야 할지 망설이고 있었다. 그러자 아버지가 계속해서 말했다.

"너도 뭔가 짐작한 듯하네. 젊은 여자들의 직관은 이런 데서 빛을 발하는가 보군. 하지만 네가 아무리 똑똑하다고 하더라도 너를 사모하는 사람이 누군지는 알지 못할걸. 이 편지는 콜린스 씨가 보낸 거야."

"콜린스 씨라고요? 그 사람이 저에게 무슨 할 말이 있는 건가요?"

"당연히 할 말은 있었겠지. 제인의 결혼을 축하한다는 말로 시작하는구나. 아마 남 얘기하는 것을 좋아하는 루카스 집안의 사람 중 누군가에게 들은 모양이지. 그것과 관련한 내용을 읽으면서 네가 조바심을 내는 걸 나는 볼 자신이 없다. 너와 관련 있는 부분만 읽어 주마."

　　이번 희소식에 대해 저와 아내는 진심으로 축하의 인사를 드립니다. 이제 다른 주제에 대해서 잠시 말씀드릴까 합니다. 이역시 같은 사람을 통해 들었습니다. 엘리자베스 양께서 언니의 뒤를 이어 머지않아 베넷이라는 성을 버릴 것이라는 점입니다. 또한 그녀가 선택한 사람은 이 나라에서 가장 훌륭한 분이라고 부르기에 마땅한 분입니다.

"리지야, 이 사람이 누구를 말하는 것인지 알 수 있겠니?"

　　이분으로 말할 것 같으면 인간이 누릴 수 있는 모든 요소를 가지고 계십니다. 이를테면 상당한 재산, 지체 높은 친척, 성직을 임명할 수 있는 권한 같은 것이지요. 하지만 저는 이런 조건에도 엘리자베스 양과 아저씨께 경고의 말씀을 드려야겠습니다. 왜냐하면 이분의 청혼을 받아들였다가는 여러 재앙에 직면할 수도 있기 때문입니다. 물론 눈앞의 이익을 꼭 잡고 싶으시겠지만 말입니다.

"이 신사분이 누구인지 모르겠니? 하지만 곧 알게 될 거다."

제가 경고의 말씀을 드리는 이유는 그분의 이모인 캐서린 부인께서 이 결혼을 마뜩잖게 여기시는 것 같기 때문입니다. 이렇게 추측한 데는 합당한 이유가 있습니다.

"바로 다아시 씨란다! 리지야, 충분히 놀랄 만하지? 콜린스 씨든 루카스 집안의 사람들이든 우리가 알고 있는 사람 중에서 다른 사람을 예상할 수 있었겠니? 이 말을 누구라도 믿을 수 있었을까? 그는 여자를 보기만 하면 늘 헐뜯기만 하고, 지금까지 너에게 한 번도 눈길을 준 적이 없었잖니! 정말 대단한 일이야!"

엘리자베스는 아버지의 짓궂은 행동에 어느 정도 비위를 맞추어 주려 했지만, 쓴웃음밖에 나오지 않았다. 아버지의 재치는 그녀를 너무나 당황스럽게 할 뿐이었다.

"왜 그러니? 재미없는 거야?"

"아니요! 그럴 리가요. 어서 계속 읽어 주세요."

"그래, 더 읽어 주마."

지난밤에 이 소식이 아무래도 맞는 것 같다는 말을 부인께 드렸더니, 그분은 이 일에 대해 느끼신 바를 황송하게도 바로 들려주셨습니다. 부인은 엘리자베스 양의 집안에 몇 가지 결함이 있다는 이유로 이 결혼을 허락하지 않겠다고 하셨습니다. 저는 이 사실을 조속히 엘리자베스 양에게 알리는 것이 의무라고 생각했습니다. 두 사람이 지금 어떤 일을 저지르는지 깨닫게 하고, 허락받지 못한 결혼을 하지 못하게 해야 한다고 말이지요.

"그리고 콜린스 씨는 이런 말까지 덧붙였구나."

저는 리디아 양의 일이 무사히 마무리된 것을 기쁘게 생각합니다. 다만 그들이 혼전 동거를 했다는 사실이 사람들에게 알려졌다는 것이 속상할 뿐입니다. 저는 아저씨께서 그들을 집으로 끌어들였다는 사실에 적잖이 놀랐습니다. 제 지위에 따르는 의무가 어떤 것인지는 잘 알고 계시겠지요. 그것은 악덕을 장려하는 행위입니다. 만약 제가 롱본 지역의 목사였다면 무슨 수를 써서라도 이를 막았을 것입니다. 기독교인의 입장에서는 그들을 용서하는 것이 맞겠지만, 이제 그들은 다른 이웃들의 눈에 띄면 안 될뿐더러 두 사람의 이름을 말하는 것조차 금해야 합니다.

"이 사람이 생각하는 기독교적인 판단이 이런 것이구나! 편지의 나머지 부분은 샬럿이 임신했고 자신이 곧 아버지가 될 것이라는 얘기 정도다. 리지야, 이 소식이 재미없는 게냐? 새초롬하게 이 허황된 소문에 대해 기분이 상한 척하면 안 된다. 이웃들을 위해 기꺼이 놀림의 상대가 되어 주고, 다음번에는 우리가 이웃들을 놀려 주면 되잖니. 이런 재미가 없이 어떻게 살겠어."

"아이참! 저는 재미있게 듣고 있어요. 하지만 좀 이상하긴 하네요."

"그래, 그러니까 흥미로운 거지. 만약 다른 사람이 호감을 보였다면 다르게 생각했겠지만, 상대는 다아시 씨잖아! 그는 널 조금도 신경 쓰지 않고, 너 또한 그를 지극히 싫어하잖니! 나는 펜을 드는 걸 좋아하는 성격이 아니지만, 이런 이야기를 나눌 수 있다면 콜린스 씨에게 편지를 보내야겠다. 그의 편지를 읽는 것이 막냇사위를 보는 것보다 좋은 건 어쩔 수 없네. 막냇사위의 뻔뻔함과 위선도 아주 좋게 평가하지만 말이야. 그런데 리지야, 캐서린 부인은 이 소문에 대해 뭐라고 말씀하셨니? 혹시 이 결혼을 허락하지 못하겠다고 방문하시기라도 한 거야?"

아버지의 물음에 엘리자베스는 조용히 웃을 뿐이었다. 아버지는 한 치의 의심도 하지 않은 채 물어보았기 때문에 그녀는 아버지가 질문을 되풀이해도 전혀 당황하지 않았다. 엘리자베스는 자신의 감정을 격렬하게 숨겨야 했다. 울어야 할 상황에서 오히려 웃어 버렸다. 게다가 다아시가 그녀에게 무관심할 것이라는 확신에 찬 아버지의 말에 큰 상처를 입었다. 문득 그녀는 아버지의 통찰이 이처럼 부족한 것에 의아해했다. 그러면서도 곧 아버지의 통찰력이 부족한 것이 아니라, 자신이 너무 마음 내키는 대로 상상해서 그럴지도 모른다는 생각이 들었다.

16

엘리자베스는 곧 빙리가 자기 친구에게 사과 편지를 받게
될 것으로 생각했다. 하지만 그녀의 예상과는 달리 캐서린 부
인이 다녀간 지 얼마 되지 않아 그들은 아침 일찍 롱본으로
직접 찾아왔다. 엘리자베스는 어머니가 다아시에게 캐서린
부인을 만났다는 말을 할까 봐 불안했다. 하지만 빙리는 만나
자마자 제인과 이야기하고 싶어서 다 함께 밖으로 산책하러
나가자고 제안했다. 베넷 부인은 산책하러 나가는 것을 좋아
하지 않았고, 메리는 산책할 짬이 나지 않았다. 그래서 남은
다섯 명만이 산책하러 나갔다. 하지만 빙리와 제인은 다른 사
람들을 앞서 보내고 자발적으로 뒤로 처져서 걸었다. 결국 엘
리자베스와 키티, 그리고 다아시가 함께 걷게 되었다. 세 사
람은 대화를 이어 가지 못했다. 키티는 그저 다아시를 대하기

가 어려워서 말을 못 꺼내고 있었지만, 엘리자베스와 다아시는 비장한 결심을 한 듯했다.

그러다가 불현듯 키티는 마리아를 만나고 싶어 했다. 그래서 그들은 윌리엄 경 집을 향해 걸었다. 하지만 엘리자베스는 키티만 마리아를 만나면 되겠다고 생각했다. 그래서 그 아이를 윌리엄 경 집으로 들여보내고는 큰마음을 먹고 다아시와 단둘이 걸어가기로 했다. 그녀가 용기를 낼 기회가 온 것이다. 엘리자베스는 이렇게 말을 꺼냈다.

"다아시 씨, 저는 너무 이기적인 사람이에요. 제 감정만을 생각해서 당신의 마음을 상하게 하는 일은 전혀 신경 쓰지 않았으니까요. 리디아에게 그렇게나 큰 친절을 베풀어 주셔서 진심으로 감사드려요. 이를 모두 알게 된 후부터 제가 얼마나 당신을 고맙게 여기는지 꼭 말씀드리고 싶었어요. 아직 가족들은 모든 사정을 모르고 있어서 이런 자리가 마련되어서야 인사를 드리게 되었지만 말이에요."

매우 놀란 다아시는 격정적인 어조로 대답했다.

"아, 너무 유감입니다. 어쩌면 불편하게 여기실 수도 있는 일을 알게 되셨군요. 가디너 부인이 그렇게 입이 가벼우실지는 몰랐습니다."

"외숙모 탓이 아니에요. 그 얘기는 리디아가 실수로 말해 버렸지요. 물론 제가 상세한 내용을 알기 위해 그녀를 보챈 것도 있지만요. 우리 가족을 대신해서 진심으로 감사드려요. 두 사람을 찾아내느라 너무 고생하셨을 테고, 여러 굴욕까지 견뎌 주신 당신의 아량은 정말 잊지 못할 거예요.”

“정말 제게 고마움을 표하려면 일단 이 사실은 혼자만 알고 계세요. 제가 그렇게 한 데에는 여러 가지 동기가 있었지만, 무엇보다도 당신의 행복을 위해서였다는 것을 부정하고 싶지는 않습니다. 하지만 당신의 가족분들은 제게 부담을 느끼실 필요가 없습니다. 저는 가족분들을 모두 존중했지만, 오로지 당신만을 생각해서 이런 일을 했으니까요.”

엘리자베스는 그 말을 듣고 너무나 당황해서 어떤 말도 할 수 없었다. 그러자 다아시가 계속 말했다.

“마음이 너그러운 당신은 이제 제 말을 진지하게 들어 주실 수 있겠지요. 당신의 마음이 지난 4월과 같다면 지금 그렇다고 말씀해 주세요. 당신을 향한 저의 애정은 변함이 없습니다. 하지만 당신이 아니라고 하신다면, 저는 더는 이 이야기에 대해 언급하지 않겠습니다.”

다아시는 이 말을 하면서 긴장하고 불안에 떠는 모습을 보였다. 이를 감지한 엘리자베스는 어떤 말이라도 해야만 했다. 그래서 지난 4월 이후, 자신의 감정이 큰 변화를 겪어서 이제 당신의 사랑을 받아들일 수 있다고 서툴게 고백했다. 다아시는 그 말을 듣고 지금까지 느껴 보지 못했던 극도의 행복감을 느꼈다. 그는 곧 뜨겁게 사랑하는 사람만이 표현할 수 있는 방식으로 자신의 애정을 조리 있고 열정적으로 표현했다. 엘리자베스가 그의 얼굴을 마주 보았다면, 그의 표정이 진정으로 기쁨에 가득 차서 그의 얼굴이 얼마나 멋지게 보였는지 알 수 있었을 것이다. 하지만 그녀는 다아시의 목소리를 통해 그가 환희의 감정에 휩싸였다는 것을 알 수 있었다. 그는 그녀가 자신에게 얼마나 소중한 사람인지를 고백했고, 그에 따라 그녀의 애정도 더할 나위 없이 소중한 것이 되어만 갔다.

그들은 어느 방향으로 걷는지 모르는 채로 하염없이 걷기만 했다. 그들은 자기 생각과 느낌, 그리고 대화에 모든 신경을 집중한 나머지 다른 것에는 전혀 신경을 쓸 수 없었다. 엘리자베스는 두 사람이 이렇게 될 수 있었던 데는 캐서린 부인의 공이 컸음을 알게 되었다. 부인은 런던을 지나가면서 다아시를 찾았고, 자기가 롱본에 가서 엘리자베스와 나눈 이야기를 상세히 전한 것이다. 부인은 엘리자베스의 뻔뻔함과 고집이 두드러진 말을 일일이 전했는데, 이렇게 하면 조카가 엘리자베스를 단념할 것이라고 생각한 것이다. 하지만 캐서린 부인에게는 역효과를 미친 결과가 나타났다.

"저는 그 말을 듣고 긍정적인 가능성을 생각했습니다. 그 때까지만 해도 저는 단념할 수밖에 없었거든요. 당신이 저를 거부할 의사가 확고했다면 이모님에게 모든 것을 터놓았을 거예요." 하고 다아시가 말했다.

그러자 엘리자베스는 쑥스러워하며 말했다.

"맞아요. 당신은 제가 솔직한 성격이라는 것을 잘 알고 계시네요. 저는 당신 바로 앞에서 모진 말을 내뱉은 적도 있으니, 친척 앞에서 그런 말을 하는 것쯤은 아무것도 아니었을 거예요."

"그때 저한테 하셨던 말은 하나같이 맞는 말들이었지요. 당신의 비난이 근거가 없고 잘못된 전제에서 비롯되었다 하더라도 당시에 저는 그런 소리를 들어도 마땅했지요. 지금도 그때를 생각하면 저 자신을 용서할 수 없습니다."

그러자 엘리자베스가 말했다.

"이제 그 일에 대해서는 더는 말씀하지 마세요. 사실 우리 둘 다 잘못한 것이었지요. 하지만 그 사건 이후에 우리는 조금이나마 예의를 갖추게 된 것 같네요."

"하지만 저는 쉽게 넘어가지 못하겠어요. 그때 제가 내뱉은 말과 행동, 그리고 태도를 생각하면 지금까지도 너무나 괴롭습니다. 당신의 비난은 너무나 합당했기 때문에 절대 잊을 수가 없어요. 당신은 '좀 더 신사답게 행동하셨다면'이라고 말씀하셨지요. 그 말이 얼마나 저를 아프게 했는지 당신은 상상도 못 하실 겁니다. 이제 와서 고백하자면, 저는 당신의 말이 맞았다는 것을 아주 오랜 시간이 지나서야 깨달았어요."

"저는 그 말이 그렇게 강하게 와 닿으리라고는 전혀 예상하지 못했어요. 그렇게 느끼실 거라는 것도요."

"그러셨을 겁니다. 당신은 그때 분명 제가 제정신이 아니라고 여기셨지요. 제가 어떤 식으로 말한다 해도 당신의 마음을 얻지 못할 거라고 말씀하실 때의 당신 표정을 절대 잊을 수 없습니다."

"자꾸 그런 말을 되풀이하지 말아 주세요. 그것은 아무런 도움도 되지 않을 거예요. 저 또한 그 일을 진심으로 부끄럽게 생각해 왔어요."

다아시는 자신의 편지에 대한 이야기를 꺼냈다.

"혹시 그 편지를 읽은 후 급속도로 저에 대해 긍정적으로 생각이 바뀌신 건가요? 편지를 처음 읽으셨을 때, 그 내용을 바로 믿으실 수 있었나요?"

그녀는 그 편지가 자신에게 어떤 영향을 미쳤는지 설명해 주었다. 또한 이 때문에 그동안 자신이 가지고 있었던 편견이 불식되기 시작했다고 말했다.

그러자 다아시가 말했다.

"제 편지가 당신에게 고통을 줄 것이라는 생각은 했습니다. 하지만 저는 그렇게 해야만 했지요. 이제 그 편지는 쓰레기통에 버려 주세요. 특히 편지의 서두 부분은 당신이 다시 읽으실까 봐 걱정이 됩니다. 당신이 노여워할 만한 구절이 곳곳에 있었지요."

"당신에 대한 저의 사랑이 유지되기 위해서 꼭 그래야만 한다면, 그 편지는 아예 불로 태워 버릴게요. 하지만 그것 때문에 제 생각이 쉽게 변하지는 않을 거예요. 물론 전혀 바뀌지 않을 것도 아니지만요."

그러자 다아시가 말했다.

"그 편지를 쓸 때는 제 자신이 더없이 침착하며 냉정하다고 믿었습니다. 하지만 지금 돌이켜 보니 그때 저는 매우 속상한 상태였다는 것을 알게 되었지요."

"처음에는 화가 나실 수밖에 없었겠지요. 하지만 글의 마지막은 그렇지 않았어요. 작별 인사 구절은 더없이 다정했고요. 어쨌든 편지에 대해서는 더는 생각하지 말기로 해요. 편지를 썼던 사람이든 받은 사람이든 당시와 지금의 기분은 크게 달라졌어요. 그러니 과거에 있었던 불쾌한 일은 모두 잊어버리는 게 맞을 거예요. 저는 과거에 대해서는 즐거운 일만 떠올리자는 나름의 철학을 가지고 있거든요."

"그런 철학을 믿지는 못하겠어요. 당신은 부끄러워할 만한 과거가 없으니까요. 당신의 만족감은 철학적이라기보다 후회할 일이 아무것도 없다는 데서 오는 당연한 것이지요. 그렇게 보는 게 맞을 거예요. 하지만 저의 경우는 사정이 달라요. 절대 잊을 수 없고, 잊어버리면 안 되는 고통을 가지고 있으니까요. 저는 이론이 아닌 현실에서는 너무나 이기적인 인간이었어요. 저는 어린 시절에 올바르게 행동하라는 가르침은 받았지만, 저의 성격을 고치라는 교육은 받지 못했어요. 또한 저는 고매한 도덕 원칙은 배웠지만, 그것을 실행하면서 교만함과 자존심을 버리지는 못했어요. 불행히도 저는 외아들이었던 탓에 부모님께서 저를 너무 아끼면서 키우셨지요. 물론 부모님은 너무나 좋으신 분이셨어요. 특히 아버지는 자애롭고 따뜻한 마음을 지니셨지요. 하지만 그분들은 저의 오만하고 이기적인 행동을 지도하지 않으시고, 오히려 그렇게 하도록 권장하기까지 하셨어요. 저의 친척들을 제외한 다른 사람들은 모두 하찮게 여기고, 그들의 생각과 가치마저 우습게 여기도록 말입니다. 저는 여덟 살 때부터 지금까지 쭉 그래 왔던 사람이었습니다. 만약 당신을 사랑하지 못했다면 저는 지금도 그런 인간으로 남았겠지요. 당신은 저에게 큰 가르침을 주었어요. 물론 처음에는 당신의 말을 들으면 너무나 괴로웠지만, 덕분에 더없이 유익한 교훈을 얻을 수 있었고, 매사에 겸손한 사람이 될 수 있었습니다. 당신에게 청혼했을 때 저는 너무나 당연하게 당신이 승낙하리라 생각했어요. 저는 사랑하는 여자를 만족하게 해 줄 모든 조건을 갖추고 있다고 생각했지요. 하지만 당신은 제가 얼마나 모자란 사람인지 깨닫게 해 주었어요."

"그때 제가 정말 승낙할 것으로 믿으신 건가요?"

"물론입니다. 당신은 이런 제 허영을 어떻게 생각하세요? 저는 당신이 제가 구애하기를 바라고, 또한 마땅히 기대할 거라고 여겼습니다."

"저의 태도는 분명 잘못되었지만 일부러 그런 건 아니었어요. 당신을 기만할 생각은 조금도 없었지만, 저는 기분 내키는 대로 할 때 종종 엉뚱한 짓을 저지르곤 해요. 그날 밤 이후, 제가 너무 미우셨겠지요?"

"그럴 리가요! 물론 처음에는 화가 나긴 했지만, 이내 제 잘못을 깨닫고는 바로 풀어졌어요."

"펨벌리에서 당신과 마주쳤을 때, 저를 어떻게 생각하셨을지 떠올리면 지금도 두려워요. 제가 그곳에 간 것을 어이없게 생각하셨겠지요?"

"아니요, 전혀 그렇지 않았습니다. 다만 조금 놀랐을 뿐이지요."

"당신이 놀라셨다고 해도 저보다는 심하지 않으셨을 거예요. 양심상 제가 뭐 대단한 대접을 받으리라고는 생각하지 않았거든요. 솔직히 말하면 분에 넘치는 대우를 바라지도 않았지요."

그러자 다아시가 말했다.

"그 당시 저는 최대한 정중한 태도로 당신을 맞이함으로써 제가 과거 일로 당신을 멀리하는 옹졸한 인간이 아님을 보여 드리고 싶었어요. 당신의 비난을 깊이 수긍했다는 것을 보여 드린다면 혹여나 당신이 저에게 아량을 베풀어 주실 수도 있을 것으로 여겼어요. 또 다른 소망이 언제쯤 일렁였는지 정확히 알지는 못하지만, 아마 당신을 만난 뒤 대략 30분 후였던 듯합니다."

그리고 다아시는 조지아나가 그녀와 알게 된 것을 매우 기뻐했다는 사실과 갑자기 그들의 만남이 끊어져서 크게 실망했다는 것도 말했다. 엘리자베스는 곧 다아시가 리디아를 찾기 위해 더비셔부터 자신을 쫓아가기로 했던 때가 여관을 떠나기 전이었다는 것을 알게 되었다. 또한 여관에서 그가 생각에 잠겨 있었던 이유도 결국 이 일을 해결하기 위해 여러 구상을 했기 때문이라는 것도 알게 되었다.

그녀는 다시 한번 감사함을 표했다. 하지만 이 일은 서로에게 너무나 고통스러운 일이었기 때문에 더욱 상세한 이야기를 나누지는 않았다.

그들은 시간 가는 줄을 모르고 몇 마일씩이나 걸어 다니며 이야기를 나누었다. 시계를 보고 나서야 그들은 집에 돌아가야 할 시각임을 뒤늦게 알게 되었다.

그들의 화제는 빙리와 제인으로 바뀌었다. 다아시는 두 사람의 약혼을 기뻐하고 있었다. 빙리가 벌써 그에게 소식을 알린 것이었다.

그러자 엘리자베스가 물었다.

"혹시라도 놀라셨나요?"

"전혀요. 사실 제가 이곳을 떠날 때 곧 그렇게 되리라 짐작하고 있었습니다."

"음, 그렇다면 일종의 허락을 해 준 셈이네요. 예상은 했지만요."

허락이라는 말을 듣자 다아시는 감탄사를 내뱉었다. 하지만 그녀는 자기 생각대로 일이 풀렸다는 것을 알게 되었다.

그러자 다아시가 말을 이었다.

"사실 런던으로 떠나기 전날 밤, 저는 모든 사실을 빙리에게 전했습니다. 오래전부터 생각하던 일을 그때가 되어서야 한 것이지요. 제가 빙리의 일에 개입한 것이 너무나 주제넘은 일이었다는 것 또한 고백했지요. 빙리는 무척 놀라더군요. 그는 조금도 의심하지 않았다고 말했습니다. 더불어 저는 제인 양이 제 친구에게 무관심하다고 판단한 것은 저의 착오였다고 말해 주었어요. 저는 이제 제인 양에 대한 그의 애정이 변하지 않으리라는 사실을 알 수 있었기 때문에 둘이 결혼한다면 틀림없이 행복해질 것으로 생각했습니다."

엘리자베스는 다아시가 친구를 너무나 쉽게 다루는 듯한 태도에 웃음이 새어 나왔다.

"언니가 그분을 사랑한다는 판단은 당신이 직접 본 데서 나온 것인가요? 아니면 지난봄, 제게 들으신 말로 지레짐작하신 건가요?"

"물론 전자의 경우입니다. 저는 최근에 두 번 정도 당신의 집을 방문했을 때 제인 양을 세밀히 살펴봤지요. 그리고 그녀의 애정을 확신할 수 있었습니다."

"그러니까 당신이 일종의 증인이 된 것이어서 빙리 씨도 확신하게 된 것이군요."

"맞습니다. 빙리는 너무나 꾸밈없고 순진해요. 그러다 보니 걱정할 일이 생기면 자기 판단에 따르지 않고, 저에게 의지하기도 합니다. 그게 사실 속 편한 일이기는 하지요. 다만 제가 말해야만 했던 한 가지 일 때문에 그가 화냈던 적도 있었습니다. 제인 양이 지난겨울에 3개월 동안 런던에 있었다는 사실을 알면서도 말하지 않은 것을 고백해 버린 것이지요. 빙리는 당연히 저에게 화를 냈습니다. 하지만 제인 양의 애정에 대한 의심이 사라지자, 그의 분노도 금방 풀어졌습니다. 지금은 저를 용서했고요."

엘리자베스는 빙리가 그에게 아주 좋은 친구였다는 것, 그리고 친구의 말을 전적으로 신뢰하는 빙리의 성격 때문에 그가 더없이 소중한 사람이라는 사실을 말해 주고 싶었지만 일단 참기로 했다. 그녀는 다아시가 앞으로도 남에게 놀림을 많이 당해 보아야 한다고 생각했지만, 당장 이를 시작하기에는 너무 이른 탓이었다. 다아시는 자신의 행복만큼은 아니더라도 빙리가 행복하기를 바란다고 말했다. 그가 계속 말하는 동안 그들은 집에 도착했다. 그들은 현관에서 작별 인사를 나누었다.

17

"리지야, 대체 어디 갔다가 이제 온 거니?"

엘리자베스가 집에 돌아오자 제인이 불쑥 물었다. 다른 가족들도 그녀가 식탁에 앉자, 모두 같은 질문을 던졌다. 하지만 그녀는 둘이서 걷다 보니 시간이 많이 흐른 줄 몰랐다고 대답할 수밖에 없었다. 그녀는 다소 얼굴이 발갛게 변했지만, 아무도 이를 알아채지는 못했다.

그날 저녁은 무탈하게 지나갔다. 제인과 빙리는 거리낌 없이 이야기를 나누었지만, 다아시와 엘리자베스는 별말을 잇지 않았다. 다아시는 행복한 감정에 빠져 어쩔 줄 몰라 하는 성격이 아니었고, 엘리자베스는 너무나 마음이 울렁이는 상태여서 자신의 행복을 제대로 실감할 수 없었다. 하지만 이러한 당혹감에 앞서 그녀에게는 큰 장애물이 놓여 있었다. 그녀는 자신의 모든 상황이 가족들에게 알려진다면 그들이 어떻게 생각할지 잘 알고 있었다. 제인을 제외한 그 누구도 다아시를 좋아하는 사람은 없었다. 나아가 그녀는 그들이 다아시의 재산이나 지위로도 상쇄되지 못하는 거부감을 가지지는 않을까 걱정되었다.

엘리자베스는 밤이 되자, 결국 자신의 마음을 제인에게 고백했다. 제인은 원체 남의 말을 의심하지 않는 성격이었지만, 이번 소식만큼은 도저히 믿을 수 없어 하는 듯했다.

"리지야, 지금 농담하는 거지? 다아시 씨와 인연을 맺겠다니! 있을 수 없는 일이잖아, 그렇지? 이번엔 절대 속지 않겠어. 정말 말도 안 되는 일이지."

"너무 초반부터 날 못 믿는 거 아니야? 언니마저 이 사실을 신뢰하지 못한다면 어느 누가 이를 믿어 주겠어? 언니, 나는 지금 정말 진지하게 사실을 전하고 있어. 그이는 나를 여전히 사랑하고, 이제 우리는 결혼하기로 약속했어."

그러자 제인은 의심을 버리지 못하며 그녀를 바라보았다.

"리지야! 그럴 리 없어. 난 네가 얼마나 그분을 싫어하는지 잘 알고 있단 말이야."

"하지만 언니가 알지 못하는 이야기가 있어. 그분을 싫어했던 건 다 과거의 일이 되었어. 나도 그 사람을 변함없이 사랑한 것은 아니야. 하지만 이번 일 같은 경우에는 과거의 일을 다 기억하고 있는 것이 좋지 않아. 나는 이제 오늘을 마지막으로 과거의 일을 모두 잊어버리기로 했어."

제인은 여전히 얼떨떨한 표정이었다. 그러자 엘리자베스는 다시금 진지한 모습으로 자신의 말이 분명함을 알려 주었다.

그러자 제인이 큰 소리로 말했다.

"세상에, 살다 보니 이런 일도 벌어지는구나! 하지만 이제 널 믿어야겠지. 리지야, 이제 난 너를 축하해 주고 싶어. 아니, 진심으로 축하를 보낸다. 그런데 정말 네 생각이 확고한 거지? 이렇게 의심하는 나를 용서해 줘. 정말 그와 함께 살면 행복해질 수 있다고 여기는 거야?"

"물론이지. 우리는 벌써 세상에서 가장 행복한 부부가 되자고 약속했어. 하지만 언니는 어떻게 생각해? 그 사람을 어떻게 생각하는 거야?"

"너무 좋아. 빙리 씨에게도 나에게도 이보다 좋은 일은 없겠지. 우리도 만약의 가능성을 생각해 보기는 했지만, 분명 불가능한 일이라고 여겼어. 그런데 리지야, 너는 정말 그 사람을 진정 사랑하고 있는 거지? 서로 사랑하지 않고 결혼하는 것만큼 비극은 없어. 너희가 정말 그렇게 느낄 만큼 서로를 사랑한다고 자부할 수 있겠어?"

"물론이라니까! 내가 모든 이야기를 해 준다면, 언니는 분명 내가 그 이상으로 그를 사랑한다고 생각할 거야."

"방금 말은 또 무슨 뜻이야?"

"이제 이야기를 꺼내야겠다. 언니가 놀랄 수도 있지만, 나는 빙리 씨보다 다아시 씨를 더 사랑해. 화낼 거야?"

"리지야, 좀 진지하게 얘기해 봐. 난 너와 진솔하게 얘기하고 싶어. 이제 네가 알고 있는 모든 얘기를 솔직하게 해 줘. 내가 몰랐던 부분도 모두 알려 주고. 너는 언제부터 다아시 씨를 좋아하게 된 거야?"

"그 감정은 아주 서서히 일어난 거라 나도 언제부터 시작된 건지 잘 모르겠어. 아마도 펨벌리에서 그분의 아름다운 저택을 처음 보았을 때가 아닌가 싶어."

제인이 더욱 진지하게 이야기해 달라고 말하자, 엘리자베스는 마침내 자신이 사랑을 확신하게 된 전말을 털어놓아 제인을 이해시킬 수 있었다. 이제 제인은 동생의 사랑을 확신할 수 있었다.

"그렇구나. 이제 난 정말 만족스러워. 너도 나만큼의 행복을 누릴 수 있게 되었으니까. 나는 늘 그분을 좋게 여겼어. 그분이 너를 사랑하고 있다는 이유 하나로 충분했지. 이제는 그분이 빙리 씨의 친구이자 너의 남편이 되었으니 그분보다 소중한 사람은 빙리 씨와 너뿐이구나. 하지만 리지야, 넌 너무 영악했어. 어떻게 나한테까지 비밀로 할 수가 있니? 펨벌리나 램튼에서의 일을 하나도 알려 주지 않고 말이야! 나는 그 소식을 네가 아닌 다른 사람을 통해 들어야만 했어."

그러자 엘리자베스는 자신이 비밀을 유지할 수밖에 없었던 이유를 말해 주었다. 사실 그녀는 그전까지 빙리에 대해 말하고 싶지 않았고, 그녀 또한 자기감정이 불안해서 다아시의 이름을 언급하는 것조차 피하고 싶었다고 했다. 하지만 이제 다아시가 리디아의 결혼에서 중요한 역할을 했다는 사실을 언니에게 더는 감출 필요가 없었다. 제인은 이제 모든 사실을 알게 되었고, 그날 밤 자매는 끊임없이 이야기를 주고받았다.

다음 날 아침, 창가에서 밖을 바라보던 베넷 부인은 소리를 질렀다.

"참! 꼴도 보기 싫은 다아시 씨는 왜 자꾸 우리 빙리 씨와 같이 찾아오는 거야? 대체 지겹도록 이곳을 찾아오는 이유를 알 수가 있어야지. 사냥이라도 가든가 다른 일을 하든가! 왜 우리를 방해하려 드는 거야? 저 사람을 어떻게 대해야 할까?

리지야, 네가 그 사람하고 어제처럼 산책하러 나가서 빙리 씨를 방해하지 않게 좀 해 봐."

엘리자베스는 그 말에 웃지 않을 수 없었다. 하지만 어머니가 다아시를 늘 하찮게 여기는 태도는 너무나 거슬렸다.

다아시와 함께 들어온 빙리는 엘리자베스를 의미심장하게 바라보며 그녀와 뜨겁게 악수했다. 그는 그렇게 자신이 모든 사실을 알고 있다는 것을 드러냈다. 그는 곧 큰 소리로 말했다.

"베넷 부인, 리지 양이 오늘 또 길을 잃을 만한 곳이 근처에 더 없나요?"

"다아시 씨와 리지, 키티는 오늘 아침에 오컴 쪽으로 산책하러 나가는 것이 좋겠어요. 그곳도 산책하기에 좋지요. 다아시 씨는 그곳을 보지 못하셨겠지요?"

그러자 빙리가 말했다.

"두 사람은 좋겠지만 키티 양은 조금 무리가 될 것 같네요. 안 그래요, 키티 양?"

그러자 키티는 그냥 집에 남아 있겠다고 말했다. 다아시는 오컴 쪽에서 바라보는 경치가 너무나 궁금하다고 말했고, 엘리자베스는 고개를 끄덕거리기만 했다. 그녀가 나갈 채비를 하기 위해 위층으로 올라가자, 베넷 부인은 뒤따라와 이렇게 말했다.

"리지야, 너에게 너무나 미안하구나. 저 꼴도 보기 싫은 인간을 맡게 해서 말이야. 하지만 이 모두가 네 언니를 위해서 그러는 거니까 이해해 줄 수 있지? 굳이 많은 대화를 나누려 하지 않아도 돼. 너무 부담스러워하지 마렴."

두 사람은 산책하면서 그날 저녁에 베넷 씨의 허락을 받자고 결정했다. 베넷 부인은 엘리자베스가 설득해 보기로 했다. 어머니가 어떤 반응을 보일지 그녀는 짐작조차 할 수 없었다. 그의 재산과 사회적 지위가 어머니의 부정적인 마음을 돌릴 수 있을지 의심이 들었다. 하지만 어머니가 이 결혼에 찬성하든 반대하든, 어머니의 반응이 교양과는 거리가 멀 것이라는 사실은 너무나 분명했다. 그녀는 이렇게 극단적인 반응을 다아시가 볼 것이라는 생각에 수치스러움을 느끼기도 했다.

마침내 저녁이 되어 베넷 씨가 서재로 들어가자, 다아시는 곧바로 일어나 그의 뒤를 따라갔다. 이를 본 엘리자베스는 두근거리는 마음을 감출 수 없었다. 그녀는 아버지의 반대를 두려워하지는 않았지만, 만약 아버지가 이 결혼 때문에 행복을 느끼지 못한다면 그것은 전적으로 자신의 탓이라고 여겼다. 또한 이 선택이 아버지를 슬픔에 빠뜨리고, 후회하는 감정만

남게 하는 것은 아닐까 생각하니 마음이 무거워졌다. 이토록 무서운 감정에 사로잡혀 있을 때 다아시가 나타났다. 그녀는 미소를 짓고 있는 그를 보고는 조금이나마 마음을 놓을 수 있었다. 잠시 후 다아시는 키티와 엘리자베스가 함께 앉아 있는 테이블로 다가와서 키티가 뜨개질하는 것을 칭찬해 주다가 엘리자베스에게 은밀히 말했다.

"아버지께서 서재에서 기다리고 계십니다."

그녀는 곧장 아버지에게로 향했다.

아버지는 근심을 감추지 못하며 방 안을 서성이다가 그녀를 보고는 말했다.

"리지야, 대체 무슨 일이 일어나고 있는 거니? 다아시 씨와 결혼하겠다니! 정말 제정신인 거냐? 너는 평소에 그 사람을 미워해 왔잖니!"

그때 엘리자베스는 예전 자신의 견해가 좀 더 합리적이고, 자신의 표현이 조금 더 부드러웠기를 바랐다. 만약 그랬더라면 이렇게나 모든 상황을 구구절절 나열하지 않아도 되었을 터였다. 하지만 이제는 아버지를 이해시켜야 했다. 그녀는 다소 당황스러웠지만 자신이 다아시를 진정으로 사랑하고 있다는 사실을 분명히 전달했다.

"정말 그 사람을 선택하기로 한 모양이구나. 물론 그 사람은 돈이 많으니 너에게 제인보다 훌륭한 옷과 마차를 선사할 수 있을 테지. 그런데 그것이 너를 정말 행복하게 해 줄 수 있을까?"

"제가 좋아한다는 사실을 의심하시는 것 이외에 결혼에 반대하시는 다른 이유가 있으세요?" 하고 엘리자베스가 물었다.

"그런 건 없다. 물론 우리는 다아시 씨가 너무나 오만하고 기분을 나쁘게 만드는 사람이란 것쯤은 알고 있지만, 네가 정말 그를 사랑한다면 문제가 되지는 않겠지."

그러자 그녀는 눈물을 글썽거리며 말했다.

"저는 진심으로 온 마음을 다해 그를 사랑해요. 제가 아는 다아시 씨는 그렇게 오만불손한 사람이 아니에요. 너무나 다정하고 인자한 사람이지요. 아버지가 아직 그 사람의 또 다른 면을 못 알아보셔서 그래요. 그러니 제발 다아시 씨에 대해 그렇게 말씀하셔서 저를 괴롭히지 말아 주세요."

베넷 씨는 그녀를 바라보다가 말했다.

"리지야, 나는 다아시 씨의 청을 받아들였어. 그가 진심으로 부탁하는 것을 보니 거절할 마음이 들지 않더구나. 네가 정말 그 사람과 인연을 맺기로 한 것이 분명하다면 나도 이 결혼을 허락하겠다. 하지만 한 번만 더 생각해 보는 게 어떻겠니? 리지야, 나는 네 성품을 익히 잘 알고 있어. 네가 만일 그 사람을 존경하고 존중하지 않는다면 너는 절대 행복해질 수 없을 거야. 너와 맞지 않는 결혼을 한다면 너는 자신을 큰 위험으로 몰아넣을지도 몰라. 그렇다면 비참함과 불명예에 또한 따라오겠지. 네가 결혼할 사람을 존경하지 않는 꼴을 이 아버지가 보지 않게 해 다오. 넌 지금 네가 무슨 짓을 저지르는지도 잘 모르는 듯한데 말이야."

엘리자베스는 그 말을 듣고 심란해져서 자신의 마음을 더욱더 진지하게 표현했다. 그녀는 다아시와 평생을 함께할 것이라는 사실을 분명히 하고, 이와 같은 감정이 하루아침에 생긴 것이 아니라 수개월에 걸쳐 서서히 쌓아 올려진 것임을 설명했다. 또한 다아시의 좋은 면을 누차 설명하면서 아버지의 마음을 돌리려고 애썼다.

엘리자베스가 길고 긴 말을 마치자, 아버지는 이렇게 말했다.

"그렇다면 나는 덧붙여 말할 것이 없다. 그 사람은 너의 배필이 될 자격이 있구나. 그만한 가치가 없는 사람이라면 나는 이 결혼을 반대했을 거야."

엘리자베스는 그에 대한 좋은 인상을 확실히 심어 주기 위해 그가 리디아에게 베푼 친절에 관해 이야기했다. 그러자 아버지는 깜짝 놀라 입을 다물지 못했다.

"오늘 밤은 정말 놀라움으로 가득하구나! 그 모든 일을 다 아시 씨가 해 주었다니. 결혼을 성사시키고, 돈을 지원해 주고, 빚도 갚아 주고, 장교 자리까지 얻어 주었다니! 그렇다면 더욱 잘된 일이야. 그는 여러 물질적, 정신적 채무에서 나를 해방시켜 주겠구나. 네 외삼촌이 그랬다면 나는 무슨 수를 써서라도 그 빚을 갚으려 했을 거야. 하지만 오직 너를 위해 그 사람이 일을 처리한 셈이구나. 일단 내가 내일 그에게 돈을 갚겠다고 말해 보마. 그러면 그 사람은 너를 사랑해서 한 일이라고 길길이 날뛸 테니, 그 일은 그걸로 매듭지을 수 있겠지."

그러다가 베넷 씨는 며칠 전 자신이 콜린스에게서 온 편지를 읽었을 때, 엘리자베스가 당황했을 것을 떠올리고는 한참을 크게 웃었다. 그런 후 그는 그녀에게 나가도 좋다고 말했다. 엘리자베스가 방을 나가려 하자 베넷 씨는 말했다.

"혹시 메리나 키티에게 관심을 보이는 청년이 있거든 이리로 들여보내렴. 난 지금 한가하니까."

엘리자베스는 이제야 무거운 짐을 내려놓은 듯한 기분이었다. 얼마간 자신의 방에서 생각에 잠긴 그녀는 이내 밖에 나와 여느 때와 같은 모습으로 다른 사람들과 어울렸다. 모든 일이 해결되어서 너무나 기뻤지만, 우선 그날 밤은 조용히 보내기로 했다. 이제 더는 걱정해야 할 큰일이 없었고, 시간이 지나면 평온하고 단란한 즐거움만이 찾아올 것이었다.

이윽고 깊은 밤이 되어 어머니가 옷 방으로 가자, 엘리자베스는 그녀의 뒤를 따라가 이 중대한 일을 전했다. 베넷 부인은 뜻밖의 반응을 보였다. 그녀는 딸의 말을 듣고는 어떤 말도 할 수 없었다. 몇 분이 지나도록 자신이 방금 들은 이야기를 이해하지 못하는 모양이었다. 평소의 베넷 부인은 자기 가족들에게 이익이 되는 일이나, 누군가 딸의 연인으로 등장하면 그것을 인지하는 것에 둔한 편이 아니었는데도 말이다. 이윽고 정신을 차린 베넷 부인은 의자에 앉아 몸을 들썩거리다가 일어서고 앉기를 반복했다. 그녀는 이내 놀라움을 감추지 못하며 경탄을 표했다.

"세상에! 다시 씌라니! 이럴 수가! 누가 두 사람이 결혼할 것으로 생각했겠니? 아이고, 우리 예쁜 리지! 너는 이제 부자가 된 데다 신분도 올라가겠어! 돈과 보석, 그리고 마차까지 원하는 대로 갖게 되었네! 제인과는 정말 비교도 안 될 정도겠구나. 이 엄마는 정말 기쁘고 행복해! 그렇게 훤칠하고 잘생긴 데다 매력적인 남자가 너를 사랑하게 되었구나! 내가 그에 대해 모질게 얘기한 것은 네가 나 대신 사과해 주렴. 물론 그는 유쾌하게 넘기겠지만 말이야. 게다가 그 사람은 런던에 저택도 있잖아! 정말 모든 것이 완벽한 사람이구나! 딸 셋이 순식간에 결혼하게 되다니! 오, 하느님! 이러다 나 어떻게 되는 거 아니니? 정말 정신이 나가 버리겠어."

이 정도면 어머니는 사실상 승낙한 것과 다름없었다. 엘리자베스는 이런 격한 반응을 혼자서만 보았다는 것에 안도하며 방을 빠져나왔다. 하지만 그녀가 어머니 방을 나간 지 채 3분도 되지 않아 어머니가 그녀의 방으로 들어오더니 큰 소리로 말했다.

"얘야, 이제 다른 생각이 들지도 않아! 연 수입이 1만 파운드를 넘는다니. 우린 이제 귀족이나 마찬가지니! 게다가 특별 허가 제도가 있으니, 우리는 이를 활용해 결혼하게 될 거다. 그것보다 리지야, 다아시 씨가 특별히 좋아하는 음식이 뭔지 아니? 내일 당장 차려 주고 싶구나."

이것은 이제 어머니가 다아시에게 어떻게 행동할지를 알려 주는 쓸쓸한 조짐이었다. 어쨌든 엘리자베스는 다아시의 사랑을 얻었고 부모님의 승낙도 받았지만, 아직 무언가가 부족하다는 것 또한 알고 있었다. 하지만 이튿날은 예상보다 훨씬 순조롭게 보낼 수 있었다. 베넷 부인이 다아시를 어려워했기 때문이다. 그래서 그녀는 그에게 말도 잘 건네지 못했고, 그저 친절하게 대하거나 그의 의견을 존중하는 정도에 그쳤다.

엘리자베스는 아버지가 그와 친해지기 위해 노력하는 것을 보고는 더없이 기뻤다. 베넷 씨는 그녀에게 다아시가 보면 볼수록 훌륭한 점이 많은 사람이라고 말했다. 그러고는 이렇게 덧붙였다.

"나는 우리 세 명의 사위가 다들 대단해 보이는구나. 물론 막냇사위를 가장 아끼겠지만, 네 남편이 될 사람도 제인 남편만큼 좋아할 수 있을 듯하다."

18

엘리자베스는 이내 원래의 유쾌함을 되찾았다. 그녀는 다아시에게 어떻게 처음 자신을 사랑하게 되었는지 이유를 물었다.

"어떤 계기로 시작된 거지요? 일단 시작한 뒤에 멋지게 이루어 낸 것은 알겠어요. 하지만 처음에 무슨 생각으로 저에게 관심을 가지신 거예요?"

"제가 당신을 사모하게 된 시점이나 장소 혹은 외모나 말 같은 것을 콕 집어서 말할 수는 없습니다. 너무 오래전에 일어난 일이라, 내가 정말 사랑하는 감정을 갖게 되었다는 것을 자각한 지는 한참 되었지요."

"처음부터 제 외모는 인정하지 않으셨고, 당신을 대하는 저의 태도는 버릇이 없었지요. 저는 당신과 대화할 때면 갖은 수를 써서라도 고통을 주어야겠다고 생각했으니까요. 이제 있는 그대로 사실을 말해 줘도 돼요. 제 건방진 태도가 마음에 들기라도 했나요?"

"아마 당신의 발랄한 생기 때문이었을 거예요."

"차라리 건방지다는 표현이 더 맞아떨어질 것 같은데요. 사실 거의 그랬지요. 당신은 지나친 친절과 예의 같은 것에 이골이 났던 거예요. 늘 당신에게 환심을 사려는 사람들이 지겨웠던 것이지요. 저는 그런 여인들과 너무나 달랐기 때문에 당신이 흥미를 느꼈을 수도 있어요. 당신의 마음이 너그럽지 않았다면, 아마도 저를 패씸하게 여겼을 거예요. 하지만 아무리 자신을 감추려고 해도 당신의 기분은 늘 고상하고 합당했을 거예요. 당신은 마음속으로 자신에게 잘 보이려는 사람들을 경멸한 것이고요. 어때요, 제 생각이 맞나요? 여러모로 따져 보아도 정말 딱 들어맞는 해석이에요. 분명 당신은 저의 장점을 아직도 알지 못했을 거예요. 하지만 누구나 사랑에 빠지면 세세한 것까지 생각하지는 못하겠지요."

"그렇다면 제인 양이 네더필드에서 병이 났을 때, 당신이 언니를 애정 어리게 대한 태도는 좋은 점이 하나도 없었을까요?"

"아! 하지만 언니를 위해서 그 정도 관심을 기울이지 않는 사람이 어디 있겠어요? 그렇다면 이를 미덕으로 생각하세요. 그리고 당신은 저의 장점을 지켜 주시고 가능한 한 높이 평가해 주세요. 대신 당신을 괴롭히고 언쟁할 기회는 제가 만들어 볼게요. 그렇다면 바로 물어볼까요? 결국 이렇게 마무리될 일을 두고, 당신은 왜 기꺼워하지 않았지요? 당신이 저를 처음 찾아왔을 때도, 나중에 식사할 때도 매번 저를 피했던 이유는 무엇 때문이었나요?"

"당신이 너무나 진지하게 어떤 말도 하지 않아서 선뜻 용기를 낼 수 없었습니다."

"저도 나름대로 곤란한 이유가 있었어요."

"저도 마찬가지였습니다."

"적어도 식사하러 오셨을 때는 저와 많은 대화를 나눌 수 있었을 텐데."

"저보다 감정이 메마른 사람이었다면 그럴 수도 있었겠지요."

"당신은 이치에 맞는 대답만 하려고 하고, 저도 이를 받아들이려고만 하니 참 불행한 일이네요! 하지만 당신을 외로이 내버려 두었다면, 당신은 꽤 오랫동안 그 상태로 있었겠지요! 제가 먼저 다가가지 않았다면 아예 말조차 걸어 보지 않으려 했나요? 확실히 리디아 얘기를 꺼내며 감사를 표한 것이 큰

효과가 있었어요. 지나치다고 여겨질 만큼 말이지요. 그 이야기는 하지 말았어야 했는데, 이를 어긴 것이 오히려 우리에게 행복을 가져다준 셈이니 이제 도덕은 고려하지 않아도 되겠어요. 이러면 안 되지요."

"너무 힘들어하지 마세요. 우리의 도덕은 조금도 망가지지 않을 거예요. 우리를 떼어 놓으려 했던 이모님의 헛수고가 이런 의문을 해소하는 데에 큰 도움이 됐습니다. 지금 제가 행복하다고 말하는 이유는 당신의 소망 때문이 아닙니다. 저는 당신이 먼저 입을 떼기를 바란 것은 아니었어요. 그저 이모님이 전해 준 소식에 어떤 희망을 걸고, 당장 모든 일을 알아야겠다고 결심하게 된 것입니다."

"캐서린 부인께서 결정적인 도움을 주셨으니, 그분도 흡족해하시겠지요. 원체 남을 돕기를 좋아하시는 분이잖아요. 하지만 왜 네더필드까지 오신 건가요? 롱본으로 말을 타고 와서 당황하시려고 오신 건가요? 혹은 더 중요한 일을 계획하신 건가요?"

"사실 당신을 만나기 위해, 그리고 당신에게 사랑을 바랄 수 있는지 알아보기 위해 내려온 것입니다. 물론 표면상으로 내세운 목적은 제인 양이 빙리를 여전히 사랑하는지 알아보기 위함이었지요. 만약 그렇다면 그에게 알려 주려고 했습니다. 이미 그렇게 했지만요."

"자, 이제 캐서린 부인께 모든 사실을 고백할 용기는 있으신가요?"

"제게는 용기보다 오히려 시간이 없다고 보는 것이 좋겠습니다. 하루빨리 해야만 하는 일이지요. 제게 종이 한 장을 주시겠어요? 어서 편지를 써야겠습니다."

"저도 편지를 쓸 일이 없다면, 어떤 젊은 여자가 그랬던 것처럼 옆에 앉아 당신의 글씨를 칭찬해 주고 싶네요. 하지만 저에게도 꼭 말씀을 전해야 할 외숙모가 있어요."

엘리자베스는 아직 가디너 부인이 보낸 편지에 답장하지 못하고 있었다. 다아시와 자신의 친분이 얼마나 과장되었는지를 고백하는 것이 망설여졌기 때문이다. 하지만 이런 일이 벌어진 지금, 그녀는 외삼촌 부부가 무려 사흘이나 이 소식을 모르고 있다는 것에 송구스러운 마음이 들었다. 엘리자베스는 편지를 써 내려가기 시작했다.

사랑하는 외숙모, 이렇게나 자상하고 길게 써 주신 편지에 진작 감사를 드렸어야 했는데 인사가 늦었어요. 그동안 난처해서 편지를 쓸 엄두가 나지 않았거든요. 외숙모께서 너무나 터무니없는 상상을 하셨으니까요. 하지만 이제는 그 주제로 온갖 공상을 펼쳐서도 좋아요. 제가 실제로 결혼했다는 생각만 하지 않으신다면, 어떤 식으로 생각하셔도 크게 틀릴 건 없을 듯해요. 이른 시일 내에 답장을 주셔서 저번보다 더 많이 그를 칭찬해 주세요. 호수 지방으로 가지 않기로 결정한 것에 관해서는 다시 한번 감사드려요. 제가 그곳에 가고 싶어 했다는 것이 너무나 바보같이 느껴져요! 망아지가 끄는 사륜마차를 타고 장원을 구경하자는 말씀은 진짜 흥미로운 생각이에요. 우리 이제 매일 장원을 구경하기로 해요. 저는 세상에서 제일 행복한 사람이 되었어요. 이전에도 그런 말을 한 사람이 많았겠지만, 지금의 저만큼은 아니라고 생각해요. 심지어 제인 언니보다도 행복해요. 언니는 살며시 미소만 짓고 있지만, 저는 그야말로 크게 웃고 있거든요. 다아시 씨는 온 마음을 다해 두 분께 사랑을 표하고 싶다네요. 물론 저한테서 떼어 갈 수 있는 한도 내에서요. 이번 크리스마스에는 두 분 모두 펨벌리로 꼭 와 주세요. 이만 줄일게요.

다아시가 캐서린 부인에게 보내는 편지는 엘리자베스의 편지와는 조금 다른 분위기였다. 하지만 베넷 씨가 콜린스에게 쓴 답장은 이 두 경우와도 완전히 달랐다.

축하를 받기 위해서 한 번 더 수고를 부탁드려야겠습니다.

내 딸 엘리자베스가 곧 다아시 씨와 결혼하게 되었어요. 당신이 캐서린 부인을 위로해 주셨으면 합니다. 하지만 내가 당신의 입장이라면 두말할 것 없이 조카인 다아시 씨 편에 설 것입니다. 그는 부인보다 훨씬 더 훌륭한 면을 많이 가지고 있는 사람이니까요. 그럼 이만 줄이겠습니다.

빙리 양이 오빠의 결혼을 축하하기 위해 보낸 편지에는 어느 정도 다정함이 담겨 있기는 했지만, 그녀는 진심으로 축하를 전하지는 않았다. 그녀는 제인에게도 똑같은 일에 대한 편지를 보냈는데, 기쁨을 표현한 것 이외에 온갖 환심을 사려는 노력이 들어가 있었다. 제인은 이에 넘어가지는 않았지만 나름대로 감동했고, 그녀를 전적으로 믿을 수는 없었지만 분에 넘친다고 느낄 정도로 친절한 답장을 보내 주었다.

다아시 양이 보낸 편지에는 자신의 오빠 못지않게 기쁨으로 충만한 감정이 담겨 있었다. 자신의 기쁨과 올케에게 사랑을 받고 싶은 마음을 모두 표현하기에는 편지지 네 장도 모자랄 정도였다.

콜린스의 답장이나 샬럿의 축하 편지가 오기 전에, 롱본의 가족들은 콜린스 부부가 윌리엄 경의 집에 머문다는 소식을 들었다. 그들이 갑자기 오게 된 이유는 곧 알려졌다. 샬럿은 캐서린 부인이 조카의 편지를 받고 너무나 화를 내서 여파가 잠잠해질 때까지 그녀 곁을 떠나 있고 싶었던 것이다. 엘리자베스는 이 시기에 샬럿을 보게 되어서 더할 나위 없이 기뻤다. 하지만 콜린스가 너무나 눈에 보일 정도로 다아시의 환심을 사려는 듯한 태도를 보여서 엘리자베스는 친구를 만나는 기쁨을 얻기가 쉽지 않다고 생각하기도 했다. 하지만 다아시는 감탄할 만큼 너무나 침착하게 이를 견뎌 냈다. 심지어 그는 윌리엄 경의 말에도 귀를 기울여 주었다. 윌리엄 경은 다아시가 이 지방에서 가장 아름다운 보석을 가져가게 되었다며 축하의 인사를 건넨 후, 점잔을 떨며 모두 세인트 제임스 궁전에서 종종 만나게 되기를 바란다고 말했다. 다아시는 그가 사라지고 난 후에야 겨우 한숨을 돌릴 수 있었다.

필립스 부인의 태도 역시 다아시가 참아 내야 하는 또 다른 과제였다. 그녀는 자신의 언니와 마찬가지로 다아시를 대하는 것을 너무나 어려워했다. 빙리와는 그나마 다정하게 이야기를 나누었지만, 일단 말을 붙이기 시작하면 상스러운 모습을 보이기 일쑤였다. 그녀는 다아시에 대한 존경심 때문에 다소 조용하려고 노력했지만, 그렇다고 그녀가 품위가 있어 보이는 것도 아니었다. 엘리자베스는 다아시가 최대한 그들을 보지 않게 하고, 되도록 호의적으로 대할 수 있는 사람과 이야기를 나누게 하려고 애썼다. 이 과정에서 생기는 불편한 감정이 약혼 기간에 누릴 수 있는 행복을 일정 부분 앗아 가기도 했지만, 오히려 앞날에 대한 희망을 더 크게 품을 수 있는 계기가 되었다. 그녀는 이제 두 사람에게 달갑지 않은 무리에서 빠져나와 펨벌리에서 단란하고 우아한 가족 모임을 즐길 날을 고대했다.

19

가장 소중하게 여겼던 두 딸이 결혼하던 날, 베넷 부인은 어머니로서 느낄 수 있는 섭섭함보다 기쁜 마음이 훨씬 앞섰다. 결혼 후, 베넷 부인이 빙리 부인이 된 맏딸을 방문할 때마다 얼마나 자랑스러워했는지, 다시 부인이 된 둘째 딸에 관한 이야기를 할 때는 얼마나 만족스러워했는지 충분히 짐작할 수 있을 것이다. 베넷 부인은 딸들을 좋은 곳에 시집보내고자 했던 소망을 이루었으므로 남은 생애에는 지각 있고 친절하며 교양 있는 부인으로 바뀌어서 행복하게 살았다고 전할 수 있었으면 한다. 이는 베넷 부인의 가족들을 위해서라도 꼭 필요한 일이다. 아내와 사고방식이나 취향이 달랐던 베넷 씨에게는 오히려 아내가 가끔 신경질을 부리고 어리석은 행동을 하는 것이 낫겠지만 말이다.

베넷 씨는 둘째 딸을 몹시 보고 싶어 했다. 그래서 그는 엘리자베스가 보고 싶을 때마다 집을 나섰다. 그는 아무도 그가 오리라고 예상하지 못했던 때에 펨벌리에 가는 것을 좋아했다.

빙리와 제인은 겨우 1년 정도만 네더필드에 머물렀다. 착한 빙리나 마음이 따뜻한 제인으로서도 베넷 부인이나 메리턴의 친척들과 너무 가까이에 사는 것이 좋지는 않았기 때문이다. 빙리는 누이의 소원대로 더비셔 근처에 있는 저택을 샀다. 제인과 엘리자베스는 서로 30마일 정도 떨어진 곳에서 살게 되어서 행복을 느꼈다.

키티가 대부분 시간을 두 언니네 집에서 보낸 이유는 실질적으로 자신에게 유리했기 때문이다. 그녀는 지금까지 경험했던 것과 달리 수준이 높은 사교계를 접하게 되자, 매우 빠르게 발전했다. 리디아처럼 충동적인 성격도 아닌 데다가 그녀의 영향을 받지 못하게 된 키티는 적당한 관심과 감독을 받게 되자 신경질과 무지함도 줄어들었고 점점 세련되게 변해갔다. 물론 리디아에게 안 좋은 영향을 받지 않도록 행동이 자유롭지 못한 점은 있었다. 종종 위컴 부인인 리디아는 젊은 남자와 무도회를 언급하면서 그녀를 초대했지만, 베넷 씨는 키티가 리디아에게 가도록 절대 승낙하지 않았다.

이제 집에 남은 딸은 메리뿐이었다. 베넷 부인은 혼자 앉아 있는 성격이 아니어서 메리를 자주 불러냈다. 아침마다 방문하는 어머니 때문에 메리는 자신의 취미 생활을 제대로 즐길 수가 없었고, 사람들과 어울리지 않을 수 없었다. 베넷 씨는 메리가 더는 언니들과 외모를 비교하면서 괴로워할 일이 사라져서 이러한 변화에 순응해 가는 것이 아닐까 생각했다.

위컴과 리디아의 성격은 두 사람의 결혼으로 말미암아 크게 달라지지 않았다. 위컴은 엘리자베스가 예전에는 자신의 배은망덕한 행실을 잘 알지 못했지만, 지금은 전부 알고 있을 것으로 생각했다. 그는 아직도 다아시를 잘 설득하면 어느 정도 이익을 챙길 수 있을 것이라는 희망을 버리지 않았다. 리디아가 엘리자베스에게 보낸 결혼 축하 편지를 보면, 위컴은 그런 마음이 없었다고 해도 리디아는 그런 희망을 품고 있다는 것을 알 수 있었다. 편지는 다음과 같은 내용이었다.

사랑하는 언니에게

결혼을 축하해. 내가 우리 남편을 사랑하는 반만큼만 형부를 사랑한다면 언니는 정말 행복하게 지낼 수 있을 거야. 언니가 그렇게 부유한 집에 시집가게 되어서 정말 기뻐. 여유가 생긴다면 우리 생각도 해 줘. 남편은 궁정에 있는 아무 자리에나 취직

하기를 바라고 있어. 우리는 도움을 받지 않고서는 살 수가 없
거든. 1년에 3, 4백 파운드 정도만 벌 수 있는 자리면 충분해. 형
부에게 말하지 않는 게 낫다고 생각하면 비밀로 해 줘.

엘리자베스는 남편에게 말하지 않는 것이 낫겠다고 생각
했다. 그래서 그녀는 리디아에게 그런 것을 부탁하거나 기대
하지는 말라는 내용의 편지를 보냈다. 하지만 엘리자베스는
자신의 지출을 줄이면서 최대한 돈을 마련해서 리디아에게
보내 주었다. 엘리자베스는 동생 부부가 사고자 하는 것이 많
고 미래를 준비하지 않는 성격이어서 현재의 수입으로는 먹
고살기 힘들 거라는 사실을 잘 알고 있었다. 그래서 두 사람
은 숙소를 바꿀 때마다 제인이나 엘리자베스에게 빚을 갚는
데 도와 달라는 요청을 해야만 했다. 이러한 두 사람의 생활
은 위컴이 제대한 후에도 여전히 불안정했다. 두 사람은 값싼
집을 찾아 여기저기로 이사 다녔지만, 분수에 맞지 않게 돈을
많이 썼다. 리디아에 대한 위컴의 애정은 금방 식고 말았다.
위컴에 대한 리디아의 사랑은 그보다 조금 더 오래 지속되었
다. 그녀는 나이가 어렸지만, 결혼이 가져다준 명예를 더럽히
는 일은 절대 하려고 하지 않았다.

다아시는 위컴을 절대 펨벌리로 부르지 않았지만, 엘리자

베스를 위해서 그가 직장을 구하는 데 도움을 주었다. 리디아는 남편이 런던이나 바스로 놀러 나가면 가끔 펨벌리를 방문하곤 했다. 하지만 빙리의 집에는 위컴 부부가 자주 방문하는데다가 늦게까지 돌아가지 않아서 가끔은 빙리도 은근히 두 사람이 가기를 바랐다.

빙리 양은 다아시가 결혼한 것에 대해 몹시 분노했다. 하지만 그녀는 펨벌리를 방문하는 권리를 포기하지 않는 것이 현명하다고 생각해서 모든 화를 없애기로 했다. 그녀는 조지아나를 예전보다 더 좋아했고, 예전처럼 다아시에게 친절했으며, 엘리자베스에게는 예전에 갖추지 않았던 예의까지 갖추었다.

이제 펨벌리는 조지아나의 집이 되었다. 시누이와 올케는 다아시가 바라던 대로 서로를 아끼고 사랑했다. 조지아나는 엘리자베스를 예전보다 더 높게 평가했다. 그녀는 처음에 엘리자베스가 자신의 오빠에게 너무 명랑하고 농담하는 듯이 대해서 매우 놀랐다. 항상 존경의 대상이어서 애정보다는 존경심으로 대했던 오빠가 농담의 대상이 되었으니 놀랄 수밖에 없었다. 하지만 조지아나는 엘리자베스의 행동을 보면서 새로운 것을 깨닫게 되었다. 오빠가 열 살이나 어린 여동생에게는 절대로 하지 않을 농담을 아내와는 주고받는다는 사실을 알게 된 것이다.

캐서린 부인은 조카의 결혼 소식을 듣고는 분노의 감정을 억누르지 못했다. 그래서 그녀는 자신의 성질을 이기지 못한 채 결혼한다는 내용이 적힌 편지의 답장에다가 엘리자베스와 관련한 모욕적인 말을 적어서 보냈다. 이로 말미암아 이들 간의 교류는 완전히 끊기고 말았다. 하지만 엘리자베스는 그런 모욕감을 다 떨칠 수 있도록 다아시를 설득해서 캐서린 부인에게 화해를 청하도록 했다. 처음에 캐서린 부인은 화해를 거부했다. 하지만 조카에 대한 애정이 커서인지, 아니면 엘리자베스가 어떻게 처신하고 있는지 확인하고 싶어서인지 얼마 후에 화가 누그러져서 그들을 보러 펨벌리까지 왔다. 엘리자베스뿐만 아니라 그녀의 외삼촌 부부가 이미 다녀가서 펨벌리의 숲이 더럽혀졌다고 생각한 캐서린 부인이 친히 그곳까지 온 것이다.

두 사람은 가디너 씨 부부와 가장 친하게 지냈다. 다아시는 엘리자베스처럼 그들을 진심으로 아꼈다. 그리고 엘리자베스를 더비셔에 데리고 와서 인연을 맺게 해 준 것에 대해 깊이 감사했다.

오만과
편견

Pride
and
Prejudice

작품 해설 및 작가 연보

『오만과 편견(Pride and Prejudice)』 작품 해설

1. 작가의 생애

19세기 영국을 대표하는 여성 작가 제인 오스틴(Jane Austen, 1775~1817)은 1775년 12월 16일, 영국 햄프셔 주 스티븐턴에서 교구 목사의 딸로 태어났으며 8남매 중 일곱째였다. 어린 시절부터 책을 좋아하고 글쓰기에 심취했던 오스틴은 10대부터 꾸준히 습작 활동을 한다. 1793년, 서간체 단편 소설 『수잔 부인(Lady Susan)』을 집필하기 시작하여 1795년에 완성하게 되며 같은 해에 『엘리너와 메리앤(Elinor and Marianne)』을 집필한다. 『엘리너와 메리앤』은 훗날 『이성과 감성(Sense and Sensibility)』으로 개작된다. 이 작품은 영화로도 제작되어 오늘날까지 많은 사랑을 받고 있다. 1796년 오스틴은 결혼 직전까지 갔다가 남자 측 집안의 반대로 무산되는 아픔을 겪는다. 그 와중에도 오스틴은 꾸준히 집필하며 『첫인상(First Impressions)』(1797)을 완성한다. 하지만 탈고 후 런던의 한 출판사에 가져갔으나 거절당한다. 훗날 이 작품은 우리에게 너무도 친숙한 『오만과 편견(Pride and Prejudice)』(1813)으로 개작되어 출판된다. 이 무렵 『이성과 감성』과 『오만과 편견』은 큰 인기를 얻어 매진 후 재판 인쇄에 들어가고 연이어 『맨스필드 파크(Mansfield Park)』(1814), 『엠마(Emma)』(1815)가 출판되는데 이 작품들 역시 매진 사례를 기록한다. 1816년에 『설득(Persuasion)』이 완성되고 1817년 『샌디션(Sandition)』을 집필하기 시작한다. 이후 건강이 악화된 오스틴은 1817년 7월 18일, 42세의 나이로 생을 마감한다. 사후에 『노생거 사원(Northanger Abbey)』, 『설득(Persuasion)』, 미완성 원고였던 『수잔 부인』, 『왓슨가 사람들(The Watson)』 등 다수의 작품이 출간된다.

2. 『오만과 편견』의 탄생

오스틴은 1783년부터 3년간 언니 커샌드라와 함께 기숙학교 생활을 했다. 일찍부터 교육을 받아 온 오스틴은 어릴 때부터 많은 문학 작품을 접했으며, 10대 때부터 이미 소설을 쓰기 시작했다. 또한 그녀는 결혼 직전까지 갔다가 무산되는 실연의 아픔과 어느 부유한 청년의 청혼을 수락한 뒤 하루 만에 번복하는 일을 겪기도 한다. 이러한 경험에서 비롯된 오스틴의 결혼관과 인생관은 주인공 엘리자베스의 모습을 통해 잘 드러난다.

1805년, 아버지가 돌아가시자 경제적으로 어려워진 그녀는 어머니와 함께 이곳저곳을 전전하다가 고향 근처의 초턴이라는 한적한 마을에 정착하여 글쓰기에 전념한다. 『오만과 편견』의 배경이 되는 한적하고 평화로운 마을 롱본과 네더필드, 펨벌리는 초턴에서의 경험을 토대로 구상한 것으로 추측된다. 작품의 내용은 다음과 같다.

베넷 식구들이 사는 한적한 시골 마을 롱본에 이웃한 네더필드에 어느 날 잘생기고 젊은 재력가 빙리가 이사를 오게 된다. 베넷 부인의 목표는 오직 하나, 다섯 딸을 좋은 집안에 시집보내는 것이었다. 베넷 부인의 눈에 빙리는 매우 훌륭한 신랑감이었기에 그녀는 자신의 딸들 중 하나를 그와 맺어 주기 위해 노력한다.

무도회가 열리던 날, 빙리는 베넷가의 맏딸인 제인을 보고 난 뒤 첫눈에 반한다. 제인 역시 그에게 호감을 보이지만 자신의 마음에 확신이 서지 않았던 그녀는 주저하는 모습을 보인다. 그들은 잠시 떨어져 서로에 대해 생각하는 시간을 갖는다. 서로에 대한 오해로 몇 번의 위기가 찾아오지만 결국 두 사람은 서로의 마음을 확인하고 결혼에 이르게 된다.

빙리의 친구 다아시 역시 호남형의 재력가다. 하지만 다소 무뚝뚝하고 말수가 적은 탓에 오만한 인상으로 비치기도 한다. 그가 자신의 집안에 대해 좋지 않게 말하는 것을 들은 베넷가의 둘째 딸 엘리자베스는 그를 오만하고 불쾌한 사람이라고 생각한다. 다아시 역시 한눈에 보기에 썩 예쁘지 않은 엘리자베스에게 호감을 느끼지 않는다. 하지만 그녀의 유쾌하고 솔직한 성격에 차츰 매료되기 시작한 그는 그녀를 사랑하게 된다.

그러던 어느 날, 베넷가의 한정 상속자 콜린스가 롱본을 방문한다. 콜린스는 베넷 집안과는 먼 친척 관계였다. 19세기 영국에서는 장자 상속 제도와 아들이 없는 경우에는 집안의 남자에게 상속되는 한정 상속 제도가 시행되고 있었다. 베넷가의 경우, 아들이 없었기에 먼 친척인 콜린스가 한정 상속자로 지정되었던 것이다.

베넷 집안은 완전한 귀족도 서민도 아닌 중산층 계급이었다. 또한 딸들은 한정 상속으로 말미암아 물려받을 재산이 없었고, 당시 여성들은 사회적 진출이 불가능했기에 경제적으로도 독립하기 어려운 처지였다. 그러므로 당시 재산이 없는 여성들이 독립할 방법은 조건이 괜찮은 남자를 만나 결혼하는 것이었다. 이것이 가장 보편적이고 최선인 방법이었다. 물론 오스틴처럼 결혼하지 않고 전문 작가로서 글을 쓰면서 살아갈 수도 있었으나 모든 여성이 작가가 될 수 있는 것도 아니었고 또한 작가들이 모두 독립적인 생활을 유지할 수 있을 만큼 성공하는 것은 아니었기에 힘든 일이었다. 이 방법 외에도 나이가 든 미혼 여성은 형제, 자매 등 친척 집을 전전하거나 가정 교사로서 살아갈 수도 있었으나 그 어떤 것도 결혼만큼 안정된 생활을 보장해 주지는 못했다. 따라서 베넷 부인이 자신의 딸들을 좋은 남자와 맺어 주기 위해 혈안이 되었던 것도 무리는 아니었다.

엘리자베스를 마음에 둔 콜린스는 자신이 가진 좋은 조건들을 내세우며 그녀에게 청혼한다. 하지만 그녀는 콜린스에게 사랑은 물론, 전혀 호감을 느낄 수 없었기에 단호하게 거절한다. 자신의 청혼을 거절한 사실을 전혀 이해할 수 없었던 콜린스는 그녀가 여자로서 자존심 때문에 거절했다고 생각하며 다시 청혼한다. 하지만 그는 끝내 그녀의 마음을 얻지 못한다. 훗날 그는 엘리자베스의 친구인 샬럿과 결혼하게 된다.

한편, 엘리자베스는 브라이턴 부대에 장교로 있는 위컴이라는 청년을 알게 된다. 친절하고 다정한 그의 모습에 호감을 느낀 그녀는 위컴에게 다아시와 얽힌 악연에 대해 듣게 된다.

그의 말이 모두 진실이라 여긴 그녀는 그 후로 다아시를 더욱 싫어하게 되고, 위컴에게는 연민의 감정을 느낀다.

그러던 어느 날, 엘리자베스에게 점점 사랑을 느끼게 된 다아시는 그녀에게 자신의 마음을 고백한다. 하지만 엘리자베스는 그의 오만한 성격과 위컴에게 들었던 그의 부당한 행동에 대해 언급한다. 그러면서 그에게 가혹한 비난을 퍼부으며 그의 구애를 거절한다. 훗날 다아시는 자신에 대한 오해를 풀기 위해 엘리자베스에게 장문의 편지를 보낸다. 편지를 읽고 난 엘리자베스는 그동안 자신이 다아시를 크게 오해하고 있었음을 깨닫게 되며, 위컴이 했던 말 또한 사실이 아님을 알게 된다.

마음이 혼란스러워진 엘리자베스는 여행을 떠난다. 하지만 그녀는 여행 중에 받은 편지로 막내 리디아가 위컴과 함께 도주했다는 것을 알고는 큰 충격에 빠진다. 이 사실을 알게 된 다아시는 수소문 끝에 두 사람을 찾아낸다. 그는 위컴이 진 빚을 모두 갚아 줄 뿐만 아니라 그에게 많은 돈을 주며, 위컴과 리디아가 결혼할 수 있도록 힘쓴다. 나중에 모든 사실을 알게 된 엘리자베스는 다아시에게 미안함과 고마움을 느끼며, 그동안 다아시에게 품었던 감정이 자신의 오해와 편견에서 비롯되었음을 깨닫게 된다. 그녀는 자신을 되돌아보며 그에 대해 많은 생각을 하게 된다. 그러다가 그녀 역시 다아시를 사랑하고 있다는 것을 깨닫는다. 다아시 또한 그동안 오해의 빌미를 제공했던 자신의 행동을 반성하며 엘리자베스에게 다시 청혼한다. 마침내 두 사람은 행복한 사랑의 결실을 보게 된다.

3. 살아 숨 쉬는 인물들

장편 소설이라는 이름에 걸맞게 이 작품에는 많은 인물이 등장한다. 이 작품에 등장하는 남성들을 살펴보면 다음과 같다.

먼저 베넷 집안의 가장인 베넷 씨가 있다. 그는 점잖고 낙천적이며 유머러스한 성격의 소유자이며 딸들 중 엘리자베스를 가장 사랑한다. 다소 이상적이고 우유부단해서 지극히 현실적이고 실리를 추구하는 아내와 종종 마찰을 빚는다.

찰스 빙리는 귀족 계급이자 청년 재력가다. 다소 우유부단한 성격이지만 다정하고 상냥해서 많은 사람의 호감을 얻는 인물이며 훗날 베넷가의 맏딸 제인과 결혼하게 된다.

빙리의 친구이자 이 소설의 중심이 되는 남자 주인공 피츠윌리엄 다아시 역시 귀족 계급의 재력가다. 공손하고 예의 바른 성격이지만 지나치게 솔직하고 무뚝뚝한 성격 탓에 주변 사람들에게 종종 오만한 인상으로 비친다.

다아시는 고개를 돌려 엘리자베스를 보다가 그녀와 눈이 마주치자 얼른 시선을 돌리며 차갑게 말했다.

"뭐, 그럭저럭 괜찮긴 하지만 썩 예쁘지는 않군. 게다가 난 다른 남자들이 쳐다보지 않는 여자에게는 관심이 없어. 그러니 자네라도 즐거운 시간을 보냈으면 하네. 이렇게 나와 쓸데없이 시간을 보내지 말고."

빙리는 다아시의 말대로 했고, 다아시는 자리를 옮겼다. 엘리자베스는 이러한 다아시를 좋게 생각할 수 없었다. 하지만 그녀는 밝은 목소리로 다른 사람들에게 그 이야기를 들려주었다. 쾌활하고 장난기가 많은 엘리자베스는 그런 일이 재미있어서 못 참는 성격이었기 때문이다.

"다아시 씨가 리지를 마음에 들어 하지 않았다고 해서 손해 본 건 아니에요. 끔찍하고 불쾌한 인간의 마음에 들어 봤자 뭐 하겠어요? 어찌나 고상하고 잘난 척을 해 대던지 눈꼴사나워서 더는 볼 수가 없더군요. 함께 춤추고 싶을 만큼 잘생긴 것도 아니었는데 말이에요. 당신이 그곳에 있었다면 그의 거만함을 한

번에 꺾어 버릴 수 있었을 텐데, 너무 아쉽네요."

엘리자베스에 대한 다아시의 첫인상과 그에 대한 엘리자
베스의 첫인상은 서로에게 호감을 주지 못한다. 지나치게 직
설적이어서 예의가 없어 보이는 다아시의 화법이 엘리자베
스에게 반감을 일으켰던 것이다. 다아시가 본 엘리자베스는
첫눈에 반할 만큼 대단한 미인은 아니었기에 그 역시 호감
을 느끼지 않는다. 이러한 다아시의 오만한 모습을 지켜보던
베넷 부인은 몹시 불쾌한 감정을 드러낸다. 하지만 그는 훗
날 엘리자베스를 진심으로 사랑하게 되면서 배려심이 깊고
사랑에 솔직한 모습을 보여 주며 자신에 대한 오해를 풀게
된다.

베넷가의 먼 친척이자 한정 상속인 윌리엄 콜린스는 교
구 목사로서 아첨을 잘하는 세속적인 인물이며, 브라이턴의
장교인 조지 위컴은 수려한 외모와 말솜씨로 엘리자베스의
호감을 얻게 되는 인물이다. 하지만 나중에 그와 다아시 사이
에 얽힌 진실이 밝혀지고, 그의 부적절한 행실이 드러나면서
많은 사람의 비난을 받게 된다.

다음으로 작품 속에 등장하는 여성들을 살펴보자. 베넷 부
인은 수다스럽고 딸들을 좋은 집안에 시집보내는 것을 일생

의 목표로 삼는 현실적인 인물이다. 다소 속물적으로 비칠 수도 있으나 그녀의 현실적이고 실리적인 감각은 우유부단한 남편의 성격을 보완해 주기도 한다.

베넷가의 맏딸인 제인은 아름다우며 차분한 성격에 배려심이 깊은 여성이다. 아버지처럼 다소 우유부단한 성격 때문에 사랑하는 남자를 놓칠 뻔한 위기를 겪기도 하지만 결국 사랑을 이루게 된다.

둘째 딸 엘리자베스는 이 작품의 여자 주인공으로서 아버지의 사랑을 한 몸에 받는 인물이다.

저녁 식사가 끝난 후 엘리자베스는 바로 제인이 있는 방으로 돌아갔다. 그녀가 나가자마자 빙리 양은 그녀의 흄을 보기 시작했다. 예의가 없고 자존심도 너무 강하고 건방진 데다가 대화를 제대로 하지 못하고 품위도 없으며 외모가 뛰어난 것도 아니라는 것이다. 허스트 부인도 맞는 말이라고 맞장구를 쳤다.

"잘 걷는다는 거 빼고는 장점이 하나도 없어. 특히 오늘 아침의 그 모습은 절대 잊을 수 없을 거야. 정신이 나간 여자 같았다니까."

"맞아. 나도 겉으로는 아무렇지 않은 척했지만 어찌나 놀랐던지. 사실 여기까지 왔다는 게 말이 안 되는 일이야. 언니가 감기에 좀 걸렸다고 해서 그렇게 나서서 뛰어올 필요는 없잖아? 산발한 머리로 말이지."

"다아시 씨, 엘리자베스 양의 눈이 예쁘다고 그렇게 감탄하시더니 이번 일로 생각이 바뀌진 않으셨나요?" 하고 빙리 양이 속삭이듯 말했다.

"전혀요. 오히려 아침에 먼 길을 걸어와서 그런지 눈이 더 빛나 보이던데요?"

엘리자베스는 매우 활달하고 솔직한 성격이어서 여자로서 품위를 중요시하는 빙리의 누이들은 곱지 않은 시선으로 그녀를 바라본다. 하지만 엘리자베스는 특유의 쾌활함과 솔직함으로 다아시의 마음을 사로잡는다.

"젊은 아가씨들은 처음에 남자에게 청혼을 받으면 속으로는 승낙하고 싶어도 일단 한 번은 거절하는 것이 일반적이라고 들었습니다. 심지어 두세 번까지 거절한다고도 하더군요. 따라서 저는 당신의 대답에 조금도 낙담하지 않았습니다. 머지않아 당신을 꼭 식장으로 모시고 갈 것입니다."

"한 번 더 말씀드려야겠군요." 하고 엘리자베스가 목소리를 높이며 말했다. "제가 분명히 말씀드렸는데도 계속 희망을 품으시다니 참 이상한 분이군요. 단언컨대 저는 재차 청혼을 받는다고 해서 행복을 느끼는 여성이 아닙니다. 저는 지금 진지하게 거절하고 있어요. 당신과 결혼하면 제가 행복할 수 없다는 걸 잘 아니까요. 또한 저 역시 당신을 행복하게 해 줄 여성이라고 생각하지 않습니다."

상류층의 사람들 앞에서도 기죽지 않고 언제나 당당하고 솔직한 엘리자베스는 결혼에 있어서 조건보다는 사랑이 중요하다고 믿는다. 그녀는 사랑하지 않는다는 이유로 조건이 좋은 콜린스의 청혼을 단번에 거절함으로써 이러한 자신의 가치관을 드러낸다. 오스틴은 엘리자베스를 주체적이고 당당한 여성으로 그려냄으로써 많은 여성 독자의 지지를 받고 있다.

셋째 딸 메리는 딸들 중 가장 외모가 뒤처지는 편이다. 그러한 콤플렉스 때문인지 항상 공부하며 교양을 쌓으려고 노력한다. 하지만 지성을 갖추기 위해서라기보다 남들에게 과시하기 위한 목적이다. 넷째 딸 캐서린은 베넷 부인과 성격이 비슷하며 막내 리디아와 함께 철없는 행동을 보이는 인물이다. 리디아는 베넷 부인이 가장 아끼는 딸이며 그녀와 가장 많이 닮은 인물이다. 늘 제멋대로이며 철이 없는 리디아는 훗날 위컴과 도피 행각을 벌여 문제를 일으킨다.

엘리자베스의 친한 친구인 샬럿 루카스는 외모도 조건도 어느 것 하나 내세울 것 없는 인물이다. 그녀는 엘리자베스에게 청혼한 뒤 거절당한 콜린스의 청혼을 받아들여 그와 결혼하게 된다.

사실 그녀에게 콜린스는 현명하지도 않고 같이 있을 때 행복한 사람도 아니었다. 그와 같이 있으면 금방 지겨워졌고, 그녀에 대한 그의 애정도 사실 제멋대로 만들어 낸 것임이 틀림없었다. 그런데도 그는 그녀의 남편이 될 사람이었다. 샬럿의 목표는 이상적인 남성이나 원만한 부부 관계가 아니라 오로지 결혼하는 것이었다. 고등 교육을 받았지만 가난한 젊은 여성에게 결혼은 부끄럽지 않게 먹고살 수 있는 유일한 수단이었다. 행복을 얻으리라는 보장은 희박하더라도 그것은 지긋지긋한 가난에서 벗어날 수 있는 가장 만족스러운 길이었다.

"네 기분을 모르는 건 아니야. 깜짝 놀랐겠지. 며칠 전만 해도 콜린스 씨는 너와 결혼하길 바랐으니까. 그렇지만 찬찬히 생각해 보면 너도 나를 이해할 수 있을 거야. 너도 잘 알겠지만, 나는 낭만적인 성격이 아니야. 지금까지 한 번도 그래 본 적이 없

었지. 내게는 단지 안락한 가정이 필요해. 콜린스 씨의 성격과
사회적 지위 등을 보면, 우리도 여느 부부 못지않게 행복하게
살 수 있을 거라고 믿어."

샬럿은 사랑보다는 현실을 선택함으로써, 조건보다는 사
랑을 중요시하는 엘리자베스와 마찰을 일으키기도 한다. 하
지만 엘리자베스는 그럴 수밖에 없는 샬럿의 처지를 이해하
기 위해 노력하며 그녀의 결혼을 진심으로 축하해 준다.

다아시의 여동생 조지아나 다아시는 다정하지만 수줍음
이 많은 내성적인 성격이다. 품위와 교양을 갖춘 그녀는 다아
시와 엘리자베스의 사랑을 지지한다. 반면에 빙리의 누이들
은 조지아나와 달리 계급과 품위만을 중요시하는 세속적인
인물이다. 그러한 이유로 그녀들은 엘리자베스를 부정적으
로 바라본다.

다아시의 이모이자 로징스에 거주하는 재력가인 캐서린
부인은 거만한 성격이며, 자신의 딸과 다아시를 결혼시키기
위해 그와 엘리자베스 사이를 갈라놓으려는 인물이다. 마지
막으로 엘리자베스가 정신적으로 의지하는 든든한 조력자인
숙모 가디너 부인은 엘리자베스와 다아시가 맺어지는 데 큰
도움을 주는 인물이다.

이렇듯 『오만과 편견』 속에 등장하는 인물들은 같은 계급에 속해 있더라도 각기 다양한 성격이며 추구하는 가치 또한 다르다. 각자의 개성이 뚜렷한 그들은 현실감 있고 입체적인 인물들로서 작품에 활력을 불어넣는다. 방대한 분량임에도 이 작품이 독자들에게 결코 지루함을 허용하지 않는 것은 바로 이 때문이다.

4. 『오만과 편견』이 지닌 현재성과 가치

"처음부터 제 외모는 인정하지 않으셨고, 당신을 대하는 저의 태도는 버릇이 없었지요. 저는 당신과 대화할 때면 갖은 수를 써서라도 고통을 주어야겠다고 생각했으니까요. 이제 있는 그대로 사실을 말해 줘도 돼요. 제 건방진 태도가 마음에 들기라도 했나요?"

"아마 당신의 발랄한 생기 때문이었을 거예요."

"차라리 건방지다는 표현이 더 맞아떨어질 것 같은데요. 사실 거의 그랬지요. 당신은 지나친 친절과 예의 같은 것에 이골이 났던 거예요. 늘 당신에게 환심을 사려는 사람들이 지겨웠던 것이지요. 저는 그런 여인들과 너무나 달랐기 때문에 당신이 흥미를 느꼈을 수도 있어요. 당신의 마음이 너그럽지 않았다면, 아마도 저를 괘씸하게 여겼을 거예요. 하지만 아무리 자신을 감추려고 해도 당신의 기분은 늘 고상하고 합당했을 거예요. 당신은 마음속으로 자신에게 잘 보이려는 사람들을 경멸한 것이고요. 어때요, 제 생각이 맞나요? 여러모로 따져 보아도 정말 딱 들어맞는 해석이에요. 분명 당신은 저의 장점을 아직도 알지 못했을 거예요. 하지만 누구나 사랑에 빠지면 세세한 것까지 생각하지는 못하겠지요."

오해에서 비롯된 편견은 쉽게 풀리지 않아서 엘리자베스와 다아시의 사랑은 계속 엇갈리게 된다. 시간이 흐른 뒤, 그녀는 그의 진심을 알게 되면서 자신의 판단이 잘못되었다는 것을 깨닫게 된다. 다아시의 편지를 받고 모든 오해가 풀리게 된 엘리자베스는 자신 역시 그를 사랑하고 있음을 느낀다. 마침내 두 사람의 사랑은 오해와 편견이 풀리면서 극적으로 결실을 보게 된다. 현실과 타협하지 않고 조건보다는 사랑을 중요시했던 엘리자베스는 결국 진정한 사랑을 찾음으로써 이상적이고 현실적인 만족을 모두 얻게 된 것이다.

"하지만 저는 쉽게 넘어가지 못하겠어요. 그때 제가 내뱉은 말과 행동, 그리고 태도를 생각하면 지금까지도 너무나 괴롭습니다. 당신의 비난은 너무나 합당했기 때문에 절대 잊을 수가 없어요. 당신은 '좀 더 신사답게 행동하셨다면'이라고 말씀하셨지요. 그 말이 얼마나 저를 아프게 했는지 당신은 상상도 못 하실 겁니다. 이제 와서 고백하자면, 저는 당신의 말이 맞았다는 것을 아주 오랜 시간이 지나서야 깨달았어요."

"저는 이론이 아닌 현실에서는 너무나 이기적인 인간이었어요. 저는 어린 시절에 올바르게 행동하라는 가르침은 받았지만, 저의 성격을 고치라는 교육은 받지 못했어요. 또한 저는 고매한 도덕 원칙은 배웠지만, 그것을 실행하면서 교만함과 자존심을 버리지는 못했어요. 불행히도 저는 외아들이었던 탓에 부모님께서 저를 너무 아끼면서 키우셨지요. 물론 부모님은 너무나 좋으신 분이셨어요. (…) 하지만 그분들은 저의 오만하고 이기적인 행동을 지도하지 않으시고, 오히려 그렇게 하도록 권장하기까지 하셨어요. 저의 친척들을 제외한 다른 사람들은 모두 하찮게 여기고, 그들의 생각과 가치마저 우습게 여기도록 말입니다. (…) 만약 당신을 사랑하지 못했다면 저는 지금도 그런 인간으로 남았겠지요. 당신은 저에게 큰 가르침을 주었어요. 물론 처음에는 당신의 말을 들으면 너무나 괴로웠지만, 덕분에 더없이 유익한 교훈을 얻을 수 있었고, 매사에 겸손한 사람이 될 수 있었습니다. 당신에게 청혼했을 때 저는 너무나 당연하게 당신이 승낙하리라 생각했어요. 저는 사랑하는 여자를 만족하게 해 줄 모든 조건을 갖추고 있다고 생각했지요. 하지만 당신은 제가 얼마나 모자란 사람인지 깨닫게 해 주었어요."

무뚝뚝하고 솔직한 성격 탓에 사람들에게 종종 오만하다는 인상을 주던 다아시였지만 그는 누구보다 마음이 따뜻한 사람이었다. 그는 엘리자베스에게 가혹한 비난을 듣고서도 분노하기보다는 오히려 자신을 돌아보며 반성한다. 그러면서 뒤에서 조용히 엘리자베스의 동생 리디아와 위컴을 도와준다. 모두가 오만하다고 여겼던 다아시의 모습은 이렇듯 진정으로 '신사다웠'던 것이다. 오만했던 다아시가 자신의 단점을 인정하고 그것을 개선하기 위해 노력할 수 있었던 것은 엘리자베스를 향한 사랑 때문이었다. 이렇듯 다아시의 진실한 사랑은 독자들의 마음을 움직이는 요소로 작용한다.

19세기 영국을 대표하는 오스틴의 장편 소설 『오만과 편견』은 롱본이라는 시골을 배경으로 젊은 남녀의 사랑에 대한 내용이 주를 이루는 이른바 '풍속 소설'에 속하는 작품이다. 등장인물들이 겪는 오해와 갈등, 그리고 그것을 극복하는 과정이 오스틴 특유의 섬세한 필치로 생생하게 묘사되어 있다. 이 작품은 당대 역사의식과 사회의식이 결여되었다는 이유로 비판을 받기도 했지만, 이 작품을 제대로 읽은 독자라면 『오만과 편견』을 그저 단순한 연애 소설로 보지는 않을 것이다. 오스틴은 이 작품을 통해 독자들에게 결혼이라는 제도와 여성의 제한된 사회적 진출, 장자 상속을 비롯한 한정 상속 제도의 비합리성과 같은 당시 사회 제도에 대해 재고해 볼 기회를 주기 때문이다.

『오만과 편견』이 출판된 지 200년이 지난 지금도 이 작품은 수많은 영화와 드라마, 연극으로 제작되고, 또 새롭게 번역되어 출판되면서 오늘날까지 꾸준한 사랑을 받고 있다. 『오만과 편견』의 이야기는 결코 멀고 먼 옛날이야기가 아니다. 우리는 사람들과 더불어 살아가며 수많은 오해와 편견으로 갈등을 빚고 다투기도 하며 사람과 사랑을 잃기도 한다. 또한 그 오해가 풀어져 잃어버린 것들을 되찾게 되고, 진실을 알게 되는 과정은 수없이 반복된다. 이렇듯 『오만과 편견』 속의 이야기는 오늘을 살아가는 우리의 삶과 별반 다르지 않다. 그러므로 이 작품은 우리가 서로 사랑하고 이별하고 또다시 사랑하며 살아가는 한 끊임없이 소통할 수 있는 현재성을 획득하게 될 것이며, 지금처럼 오래도록 살아 숨 쉬는 오늘의 이야기가 될 것이다.

작가 연보

1775년 영국 햄프셔 주 스티븐턴에서 교구 목사인 아버지 조지 오스틴과 어머니 커샌드라 리 오스틴 사이에서 8남매 중 일곱째로 출생.

1783~1786년 언니 커샌드라와 함께 옥스퍼드의 콜리 부인 기숙 학교에 입학.

1789년 소설 습작 시작.

1790년 습작 가운데 하나인 「사랑과 우정」 완성.

1793~1795년 서간체 소설 『수잔 부인』 집필.

1795년 장편 소설 『엘리너와 메리앤』 집필. 톰 르프로이를 만남.

1796년 톰 르프로이와 결혼 직전까지 갔다가 남자 측 집안의 반대로 무산.

1797년 『첫인상』 완성. 아버지의 권유로 케이델 출판사에 보내지만 거절당함.

1797~1798년 『엘리너와 메리앤』을 『이성과 감성』으로 개작.

1798~1799년 『수잔』 집필.

1799~1800년 희곡 「찰스 그랜디슨 경」 집필.

1801년 아버지가 은퇴한 후 장남인 제임스가 교구를 물려받음. 이후 어머니, 언니와 함께 바스로 이사.

1802년 여섯 살 연하인 해리스 비그위더의 청혼을 수락한 뒤 하루 만에 거절.

1803년 넷째 오빠인 헨리의 도움으로 크로스비 출판사에 『수잔』의 판권을 10파운드에 넘김. 하지만 출간은 되지 못함.

1803~1804년 『왓슨가 사람들』 집필.

1805년 아버지 조지 오스틴 사망.

1806~1809년 경제적 어려움 때문에 바스를 떠나 이곳저곳을 전전.

1809년 셋째 오빠인 에드워드의 권유로 고향 근처의 초턴이라는 한적한 마을에 정착. 『수잔』의 출간이 지연되자 크로스비 출판사에 항의 편지를 보냄. 『이성과 감성』 개작.

1811년 헨리 오빠가 있는 런던에 거주. 『이성과 감성』 출간. 『맨스필드 파크』 집필 시작.

1811~1812년 『첫인상』을 『오만과 편견』으로 개작.

1812년 110파운드를 받고 『오만과 편견』의 판권을 에거튼 출판사에 넘김.

1813년 『맨스필드 파크』 완성. 『오만과 편견』 출간. 『이성과 감성』과 『오만과 편견』은 큰 인기를 얻어 매진 후 재판 인쇄에 들어감. 계속 런던에 머물면서 이후 작품을 익명으로 출간.

1814년 『맨스필드 파크』 출간.

1814~1815년 『엠마』 집필.

1815년 머레이 출판사에서 『엠마』 출간. 『설득』 집필 시작.

1816년 『설득』 완성. 건강이 안 좋아지기 시작.

1817년 『샌디션』 집필 시작. 이후 건강이 악화되어 42세의 나이로 사망. 윈체스터 성당에 안장됨. 사후 『노생거 사원』, 『설득』 출간.

1833년 최초로 제인 오스틴 전집 출간.

1871년 『수잔 부인』, 『왓슨가 사람들』 출간.

1884년 『제인 오스틴의 편지』 출간.

1922년 『사랑과 우정』 출간.

1940년 『세 편의 저녁 기도』 출간.

1980년 『제인 오스틴의 찰스 그랜디슨 경』 출간.

생각불 세계문학 미니북 클라우드 라이브러리는 계속 출간됩니다.
*** 근간 목록은 발간 순서에 따라 변경될 수 있습니다.

옮긴이 | 안영준

고려대학교 국어국문학과를 졸업했다. 공립 중등국어교사로 8년 동안 근무했으며 대치동에서 논술 전임강사로 활동하기도 했다. 현재는 1인 지식 창업 및 책 쓰기 코칭을 하며 영한 번역을 하고 있다. 옮긴 책으로는 『1984』, 『데미안』, 『위대한 개츠비』, 『노인과 바다』, 『동물농장』, 『오만과 편견』 등이 있다.

해설 | 엄인정

국민대학교 국어국문학과를 졸업하고 동 대학원에서 국어교육학을 전공했다. 현재 단행본 편집과 영한 번역 업무를 병행하며 프리랜서로 활동 중이다. 옮긴 책으로는 『데미안』, 『톨스토이 단편선』, 『오만과 편견』, 『카프카 단편선』, 『그리스인 조르바』 등이 있다.

오만과 편견 3

1판 1쇄 발행 2018년 8월 20일

지은이 제인 오스틴
옮긴이 안영준
해설 엄인정
펴낸이 생각투성이
편집 안주영, 이한준
디자인 생각을 머금은 유니콘
마케팅 김사랑

발행처 생각뿔
주소 서울시 서초구 반포동 66-1 코웰빌딩 102호
등록번호 제233-94-00104호
전화 02-536-3295
팩스 02-536-3296
커뮤니티 www.facebook.com/tubook2018(페이스북)
e-mail tubook@naver.com
ISBN 979-11-964400-6-0(04840)
            979-11-964400-8-4(세트)

생각뿔은 '생각(Thinking)'과 '뿔(Unicorn)'의 합성어입니다.
신화 속 유니콘의 신성함과 메마르지 않는 창의성을 추구합니다.